U0095091

阳光正好 万物可爱

巴金，梁实秋等◎著

四川文艺出版社

图书在版编目（CIP）数据

阳光正好　万物可爱 / 巴金等著. -- 成都 : 四川文艺出版社，2024.1

ISBN 978-7-5411-6836-9

Ⅰ. ①阳… Ⅱ. ①巴… Ⅲ. ①散文集－中国－现代 Ⅳ. ① I266

中国国家版本馆 CIP 数据核字（2023）第 230860 号

YANGGUANGZHENGHAO　WANWUKEAI

阳光正好　万物可爱

巴金，梁实秋等 著

出品人	谭清洁
策划编辑	孙晓萍
责任编辑	姚晓华
特约编辑	李　爽
内文设计	谢　博
封面设计	胡椒书衣
责任校对	蓝　海
责任印制	孙文超

出版发行	四川文艺出版社(成都市锦江区三色路238号)
网　址	www.scwys.com
电　话	010-82372882(发行部)

印　刷	凯德印刷（天津）有限公司		
成品尺寸	145mm×210mm	开　本	32开
印　张	7	字　数	138千字
版　次	2024年1月第1版	印　次	2024年1月第1次印刷
书　号	ISBN 978-7-5411-6836-9		
定　价	56.00元		

版权所有，侵权必究。如有印装质量问题，请与本公司图书销售中心联系调换。010-82372882

出版说明

“水光宜落日，人意喜晴天。”

不管晴天雨天，只要拥有一颗充满阳光的心，就能活出阳光明媚的生活。心中有阳光，万物皆可爱。人们喜爱生活中的阳光，想要追寻生命中的“闪光点”，但是有的时候又会囿于生命中的“阴天”，很难积极快乐地享受生活。

这个世界上不缺少美，只是缺少发现美的眼睛，一位文学大师曾经说过，作家都是敏感的，他们善于捕捉生活中的细微之处。同样，他们也善于发现生命中的“闪光点”，善于享受生命给予人间的“阳光”。

本书收录了众多名家的经典佳作，每一篇无不体现出作者对生活细节的描摹和对世界万物的喜爱。他们或是心思细腻，善于发现生活中的细节与美好；或是心胸豁达，内心充满希望与阳光。他们始终相信，阳光正好，微风不燥，所得，所不得，皆不如心安理得，不负时光，总会有不期而遇的美好。

本书所选散文分为七个篇章：静静追随这道光、一朵青云飘落在肩、原来喜欢便是好、有一种兴味是千载一遇、解看万物有花意、寂寞时的不寂寞、人生总有晴朗时。作者包括林徽因、杨振声、庐隐、丰子恺、梁实秋、巴金、杨朔、叶圣陶、朱湘、李广田、郑振铎、老舍、梁遇春、汪曾祺、郁达夫、夏丏尊、朱自清、章衣萍、鲁彦、徐志摩、王统照、周瘦鹃等二十多位学术大师和文学名家，在文中，他们分享了各自人生中的温暖、爱意与生活感悟。从中我们也能发现未曾注意到的那些“生命的光点”，这些“光点”将引领我们前往更加阳光明媚的明天。

在编排方面，本书增加了充满哲理和诗意的中国绘画，并搭配作者富有思考与思想的语句，赏美文，品名画，美美与共，感悟人生。

在文字方面，本书尽量尊重作者原作的语言风格习惯，保证文字的原汁原味；但由于篇幅所限，部分文章进行了节选，并加以标注。

书中还增加了一些编者注，以方便阅读，主要包括两方面：部分不常见、不常用的字词和英文；部分不同于现行标准的译名、诗句。

由于编者水平所限，如有错漏，敬请读者批评指正。

目　录

contents

叁　原来喜欢便是好

肆　有一种兴味是千载一遇

伍　解看万物有花意

陆　寂寞时的不寂寞

柒　人生总有晴朗时

壹 静静追随这道光

东窗的初红里迎着朝暾，你起来开了格扇，放进一屋的清新。朝气洗涤了昨宵一梦的荒唐，使人精神清振，与宇宙万物一体更新。

——杨振声

一片阳光

/

林徽因

放了假，春初的日子松弛下来。将午未午时候的阳光，澄黄的一片，由窗棂横浸到室内，晶莹地四处射。我有点发怔，习惯地在沉寂中惊讶我的周围。我望着太阳那湛明的体质，像要辨别它那交织绚烂的色泽，追逐它那不着痕迹的流动。看它洁净地映到书桌上时，我感到桌面上平铺着一种恬静，一种精神上的豪兴，情趣上的闲逸；即或所谓“窗明几净”，那里默守着神秘的期待，漾开诗的气氛。那种静，在静里似可听到那一处琤琮的泉流，和着仿佛是断续的琴声，低诉着一个幽独者自误的音调。看到这同一片阳光射到地上时，我感到地面上花影浮动，暗香吹拂左右，人随着晌午的光霭花气在变幻，那种动，柔谐婉转有如无声音乐，令人悠然轻快，不自觉地脱落伤愁。至多，在舒扬理智的客观里使我偶一回头，看看过去幼年记忆步履所留的残迹，有点儿惋惜时间；微微怪时间不能保存情绪，保存那一切情绪所曾流连的境界。

倚在软椅上不但奢侈，也许更是一种过失，有闲的过失。但东坡的辩护：“懒者常似静，静岂懒者徒”，不是没有道理。如果此刻不倚榻上而“静”，则方才情绪所兜的小小圈子便无条件地失落了去！人家就不可惜它，自己却实在不能不感到这种亲密的损失的可哀。

就说它是情绪上的小小旅行吧，不走并无不可，不过走走未始不是更好。归根说，我们活在这世上到底最珍惜些什么？果真珍惜万物之灵的人的活动所产生的种种，所谓人类文化？这人类文化到底又靠一些什么？我们怀疑或许就是人身上那一撮精神同机体的感觉，生理心理所共起的情感，所激发出的一串行为，所聚敛的一点智慧，——那么一点点人之所以为人的表现。宇宙万物客观的本无所可珍惜，反映在人性上的山川、草木、禽兽才开始有了秀丽，有了气质，有了灵犀。反映在人性上的人自己更不用说。没有人的感觉，人的情感，即便有自然，也就没有自然的美，质或神方面更无所谓人的智慧，人的创造，人的一切生活艺术的表现！这样说来，谁该鄙弃自己感觉上的小小旅行？为壮壮自己胆子，我们更该相信惟其人类有这类情绪的驰骋，实际的世间才赓续着产生我们精神所寄托的文物精萃。

此刻我竟可以微微一咳嗽，乃至于用播音的圆润口调说：我们既然无疑的珍惜文化，即尊重盘古到今种种的艺术——无论是抽象的思想艺术，或是具体的驾驭天然材料另创的非天然形象，——则对于艺术所由来的渊源，那点点人的感觉，人的情感智慧（通称人的情绪），又当如何地珍惜才算合理？

但是情绪的驰骋，显然不是诗或画或任何其他艺术建造的完成。这驰骋此刻虽占了自己生活的若干时间，却并不在空间里占任何一个小小位置！这个情形自己需完全明了。此刻它仅是一种无踪迹的流动，并无栖身的形体。它或含有各种或可捉摸的质素，但是好奇地探讨这个质素而具体要表现它的差事，无论其有无意义，除却本人外，别人是无能为力的。我此刻为着一片清婉可喜的阳光，分明自己在对内心交流变化的各种联想发生一种兴趣的注意，换句话说，这好奇与兴趣的注意已是我此刻生活的活动。一种力量又迫着我来把握住这个活动，而设法表现它，这不易抑制的冲动，或即所谓艺术冲动也未可知！只记得冷静的杜工部散散步，看看花，也不免会有“**江上被花恼不彻，无处告诉只颠狂**”的情绪上一片紊乱！玲珑煦暖的阳光照人面前，那美的感人力量就不减于花，不容我生硬地自己把情绪分划为有闲与实际的两种，而权其轻重，然后再决定取舍的。我也只有情绪上的一片紊乱。

情绪的旅行本偶然的事，今天一开头并为着这片春初晌午的阳光，现在也还是为着它。房间内有两种豪侈的光常叫我的心绪紧张如同花开，趁着感觉的微风，深浅零乱于冷智的枝叶中间。一种是烛光，高高的台座，长垂的烛泪，熊熊红焰当帘幕四下时各处光影掩映。那种闪烁明艳，雅有古意，明明是画中景象，却含有更多诗的成分。另一种便是这初春晌午的阳光，到时候有意无意的大片子洒落满室，那些窗棂栏板几案笔砚浴在光霭中，一时全成了静物图案；再有红蕊细枝点缀几处，室内更是轻香浮溢，叫人俯仰全触到一种灵性。

这种说法怕有点会发生误会，我并不说这片阳光射入室内，

江上被花恼不彻，无处告诉只颠狂

需要笔砚花香那些儒雅的托衬才能动人，我的意思倒是：室内顶寻常的一些供设，只要一片阳光这样又幽娴又洒脱地落在上面，一切都会带上另一种动人的气息。

这里要说到我最初认识的一片阳光。那年我六岁，记得是刚刚出了水珠以后——水珠即寻常水痘，不过我家乡的话叫它做水珠。当时我很喜欢那美丽的名字，忘却它是一种病，因而也觉到一种神秘的骄傲。只要人过我窗口问问出“水珠”么？我就感到一种荣耀。那个感觉至今还印在脑子里。也为这个缘故，我还记得病中奢侈的愉悦心境。虽然同其他多次的害病一样，那次我仍然是孤独的被囚禁在一间房屋里休养的。那是我们老宅子里最后的一进房子；白粉墙围着小小院子，北面一排三间，当中夹着一个开敞的厅堂。我病在东头娘的卧室里。西头是婶婶的住房。娘同婶永远要在祖母的前院里行使她们女人们的职务的，于是我常是这三间房屋惟一留守的主人。

在那三间屋子里病着，那经验是难堪的。时间过得特别慢，尤其是在日中毫无睡意的时候。起初，我仅集注我的听觉在各种似脚步，又不似脚步的上面。猜想着，等候着，希望着人来。间或听听隔墙各种琐碎的声音，由墙基底下传达出来又消敛了去。过一会，我就不耐烦了——不记得是怎样的，我就趿着鞋，挨着木床走到房门边。房门向着厅堂斜斜地开着一扇，我便扶着门框好奇地向外探望。

那时大概刚是午后两点钟光景，一张刚开过饭的八仙桌，异常寂寞地立在当中。桌下一片由厅口处射进来的阳光，泄泄融融地倒在那里。一个绝对悄寂的周围伴着这一片无声的金色的晶莹，不知为什么，忽使我六岁孩子的心里起了一次极不平常的振荡。

那里并没有几案花香、美术的布置，只是一张极寻常的八仙桌。如果我的记忆没有错，那上面在不多时间以前，是刚陈列过咸鱼、酱菜一类极寻常俭朴的午餐的。小孩子的心却呆了。或许两只眼睛倒张大一点，四处地望，似乎在寻觅一个问题的答案。为什么那片阳光美得那样动人？我记得我爬到房内窗前的桌子上坐着，有意无意地望望窗外，院里粉墙疏影同室内那片金色和煦绝然不同趣味。顺便我翻开手边娘梳妆用的旧式镜箱，又上下摇动那小排状抽屉，同那刻成花篮形小铜坠子，不时听雀跃过枝清脆的鸟语。心里却仍为那片阳光隐着一片模糊的疑问。

时间经过二十多年，直到今天，又是这样一泄阳光，一片不可捉摸，不可思议流动的而又恬静的瑰宝，我才明白我那问题是永远没有答案的。事实上仅是如此：一张孤独的桌，一角寂寞的厅堂。一只灵巧的镜箱，或窗外断续的鸟语，和水珠——那美丽小孩子的病名——便凑巧永远同初春静沉的阳光整整复斜斜地成了我回忆中极自然的联想。

书房的窗子

/

杨振声

说也可怜，八年抗战归来，卧房都租不到一间，何言书房？既无书房，又何从说到书房的窗子！

唉，先生，你别见笑，叫化子连作梦都在想吃肉，正为没得，才想得厉害，我不但想到书房，连书房里每一角落，我都布置好。今天又想到了我那书房的窗子。

说起窗子，那真是人类穴居之后一点灵机的闪耀才发明了它。它给你清风与明月，它给你晴日与碧空，它给你山光与水色，它给你安安静静的坐窗前，欣赏着宇宙的一切，一句话，它打通你与天然的界限。

但窗子的功用，虽是到处一样，而窗子的方向，却有各人的嗜好不同。陆放翁的“一窗晴日写黄庭”，大概指的是南窗。我不反对南窗的光朗与健康，特别在北方的冬天，南窗放进满屋的晴日，你随便拿一本书坐在窗下取暖，书页上的诗句全浸润在金色的光浪中，你书桌旁若有一盆腊梅那就更好——以前在北平只值几毛钱一盆，高三四尺者亦不过一两元，腊梅比红梅色雅而秀清，价钱并不比红梅贵多少。那么，就算有一盆腊梅罢。腊梅在阳光的照耀下荡漾着芬芳，把几枝疏脱的影子漫画在新洒扫的蓝砖地上，如漆墨画。天知道，那是一种清居的享受。

朝气洗涤了昨宵一梦的荒唐，使人精神清振，与宇宙万物一体更新

东窗的初红里迎着朝暾，你起来开了格扇，放进一屋的清新。**朝气洗涤了昨宵一梦的荒唐，使人精神清振，与宇宙万物一体更新**。假使你窗外有一株古梅或是海棠，你可以看“朝日红妆”；有海，你可以看“海日生残夜”；一无所有，看朝霞的艳红，再不然，看想象中的郿宫，“晓日靓妆千骑女，白樱桃下紫纶巾”。

“挂起西窗浪接天”这样的西窗，不独坡翁喜欢，我们谁都喜欢。然而西窗的风趣，正不止此，压山的红日徘徊于西窗之际，照出书房里一种透明的宁静。苍蝇的搓脚，微尘的轻游，都带些倦意了。人在一日的劳动后，带着微疲放下工作，舒适的坐下来吃一杯热茶，开窗西望，太阳已隐到山后了。田间小径上疏落的走着荷锄归来的农夫，隐约听到母牛哞哞的在唤着小犊同归。山色此时已由微红而深紫，而黝蓝。苍然暮色也渐渐笼上山脚的树林。西天上独有一缕镶着黄边的白云冉冉而行。

然而我独喜欢北窗。那就全是光的问题了。

说到光，我有一致偏向，就是不喜欢强烈的光而喜欢清淡的光，不喜欢敞开的光而喜欢隐约的光，不喜欢直接的光而喜欢反射的光，就拿日光来说罢，我不爱中午的骄阳，而爱“晨光之熹微”与落日的古红。纵使光度一样，也觉得一片平原的光海，总不及山阴水曲间光线的隐翳，或枝叶扶疏的树荫下光波的流动，至于返光更比直光来得委婉。“残夜水明楼”，是那般的清虚可爱；而“明月照积雪”使你感到满目清晖。

不错，特别是雪的返光。在太阳下是那样霸道，而在月光下却又这般温柔。其实，雪光在阴阴天宇下，也满有风趣。特别是新雪的早晨，你一醒来全不知道昨宵降了一夜的雪，只看从纸窗透进满室的虚白，便与平时不同，那白中透出银色的清晖，温润而匀净，使屋子里平添一番恬静的滋味，披衣起床且不看雪，先掏开那尚未睡醒的炉子，那屋里顿然煦暖。然后再从容揭开窗帘一看，满目皓洁，庭前的树枝都压垂到地角上了，望望天，还是阴阴的，那就准知道这一天你的屋子会比平常更幽静。

至于拿月光与日光比，我当然更喜欢月光，在月光下，人是那般隐藏，天宇是那般的素净。现实的世界退缩了，想象的世界放大了。我们想象的放大，不也就是我们人格的放大？放大到感染一切时，整个的世界也因而富有情思了。“疏影横斜水清浅，暗香浮动月黄昏”比之“晴雪梅花”更为空灵，更为生动，“无情有恨何人见，月晓风清欲堕时”比之“枝头春意”更富深情与幽思；而“宿妆残粉未明天，总立昭阳花树边”也比“水晶帘下看梳头”更动人怜惜之情。

这里不止是光度的问题，而是光度影响了态度。强烈的光使我们一切看得清楚，却不必使我们想得明透，使我们有行动的愉悦，却不必使我们有沉思的因缘；使我们像春草一般的向外发展，却不能使我们像夜合一般的向内收敛。强光太使我们与外物接近了，留不得一分想象的距离。而一切文艺的创造，决不是一些外界事物的推拢，而是事物经过个性的熔冶，范铸出来的作物。强烈的光与一切强有力的东西一样，它压迫我们的个性。

以此，我便爱上了北窗，南窗的光强，固不必说；说是东窗和西窗也不如北窗。北窗放进的光是那般清淡而隐约，反射而不直接，说到返光，当然便到了“窗子以外”了，我不敢想象窗外有什么明湖或青山的返光，那太奢望了。我只希望北窗外有一带古老的粉墙。你说古老的粉墙？一点不错。最低限度地要老到透出点微黄的颜色；假如可能，古墙上生几片清翠的石斑。这墙不要去窗太近，太近则逼窄，使人心狭；也不要太远，太远便不成为窗子屏风；去窗一丈五尺左右便好。如此古墙上的光辉反射在窗下的桌上，润泽而淡白，不带一分逼人的霸气。这种清光绝不会侵凌你的幽静。也不会扰乱你的运思。它与清晨太阳未出以前的天光，及太阳初下，夕露未滋，湖面上的水光同是一样的清幽。

假如，你嫌这样的光太朴素了些，那你就在墙边种上一行疏竹。有风，你可以欣赏它婆娑的舞容；有月，窗上迷离的竹影；有雨，它给你平添一番清凄；有雪，那素洁，那清劲，确是你清寂中的佳友。即使无月无风，无雨无雪，红日半墙，竹荫微动，掩映于你书桌上的清晖，泛出一片清翠，几纹波痕，那般的生动而空灵，你书桌上满写着清新的诗句，你坐在那儿。纵使不读书也“要得”。

窗外的春光

/

庐隐

几天不曾见太阳的影子，沉闷包围了她的心。今早从梦中醒来，睁开眼，一线耀眼的阳光已映射在她红色的壁上，连忙披衣起来，走到窗前，把洒着花影的素幔拉开。前几天种的素心兰，已经开了几朵，淡绿色的瓣儿，衬了一颗朱红色的花心，风致真特别，即所谓“冰洁花丛艳小莲，红心一缕更嫣然”了。同时一股沁人心脾的幽香，喷鼻醒脑，平板的周遭，立刻涌起波动，春神的薄翼，似乎已扇动了全世界凝滞的灵魂。

说不出是喜悦，还是惆怅，但是一颗心涨得满满的——莫非是满园春色关不住——不，这连她自己都不能相信；然而仅仅是为了一些过去的眷恋，而使这颗心不能安定吧！本来人生如梦，在她过去的生活中，有多少梦影已经模糊了，就是从前曾使她惆怅过，甚至于流泪的那种情绪，现在也差不多消逝净尽，就是不曾消逝的而在她心头的意义上，也已经变了色调，那就是说从前以为严重了不得的事，现在看来，也许仅仅只是一些幼稚的可笑罢了！

兰花的清香，又是一阵浓厚地包袭过来，几只蜜蜂嗡嗡地在花旁兜着圈子，她深切地意识到，窗外已充满了春光；同时二十年前的一个梦影，从那深埋的心底复活了。

一个仅仅十零岁的孩子，为了脾气的古怪，不被家人们的了解，于是把她送到一所囚牢似的教会学校去寄宿。那学校的校长是美国人—— 一个五十岁的老处女，对于孩子们管得异常严厉，整月整年不许孩子走出那所筑建庄严的楼房外去。四围的环境又是异样的枯燥，院子是一片沙土地；在角落里时时可以发现被孩子们踏陷的深坑，坑里纵横着人体的骨骼，没有树也没有花，所以也永远听不见鸟儿的歌曲。

春风有时也许可怜孩子们的寂寞吧！在那洒过春雨的土地上，吹出一些青草来——有一种名叫“辣辣棍棍”的，那草根有些甜辣的味儿，孩子们常常伏在地上，寻找这种草根，放在口里细细地嚼咀；这可算是春给她们特别的恩惠了！

那个孤零的孩子，处在这种阴森冷漠的环境里，更是倔强，没有朋友，在她那小小的心灵中，虽然还不曾认识什么是世界，也不会给这个世界一个估价，**不过她总觉得自己所处的这个世界，是有些乏味**；她追求另一个世界。在一个春风吹得最起劲的时候，她的心也燃烧着更热烈的希冀。但是这所囚牢似的学校，那一对黑漆的大门仍然严严地关着，就连从门缝看看外面的世界，也只是一个梦想。于是在下课后，她独自跑到地窖里去，那是一个更森严可怕的地方，四围是石板作的墙，房顶也是冷冰冰的大石板，走进去便有一股冷气袭上来，可是在她的心里，总觉得比那死气沉沉的校舍，多少有些神秘性吧。最能引诱她当然还是那几扇矮

不过她总觉得自己所处的这个世界，是有些乏味

小的窗子，因为窗子外就是一座花园。这一天她忽然看见窗前一丛蝴蝶兰和金钟罩，已经盛开了，这算给了她一个大诱惑，自从发现了这窗外的春光后，这个孤零的孩子，在她生命上，也开了一朵光明的花，她每天一只猫儿般，只要有工夫，便蜷伏在那地窖的窗子上，默然地幻想着窗外神秘的世界。

她没有哲学家那种富有根据的想象，也没有科学家那种理智的头脑，她小小的心，只是被一种天所赋与的热情紧咬着。她觉得自己所坐着的这个地窖，就是所谓人间吧——一切都是冷硬淡漠，而那窗子外的世界却不一样了。那里一切都是美丽的，和谐的，自由的吧！她欣羡着那外面的神秘世界，于是那小小的灵魂，每每跟着春风，一同飞翔了。她觉得自己变成一只蝴蝶，在那盛开着美丽的花丛中翱翔着，有时她觉得自己是一只小鸟，直扑天空，伏在柔软的白云间甜睡着。她整日支着颐[1]不动不响地尽量陶醉，直到夕阳逃到山背后，大地垂下黑幕时，她才怏怏地离开那灵魂的休憩地，回到陌生的校舍里去。

她每日每日照例地到地窖里来，一直过完了整个的春天。忽然她看见蝴蝶兰残了，金钟罩也倒了头，只剩下一丛深碧的叶子，苍茂地在熏风里撼动着，那时她竟莫名其妙地流下眼泪来。这孩子真古怪得可以，十零岁的孩子前途正远大着呢，这春老花残，绿肥红瘦，怎能惹起她那么深切的悲感呢？！但是孩子从小就是这样古怪，因此她被家人所摒弃，同时也被社会所摒弃。在她的童年里，便只能在梦境里寻求安慰和快乐，一直到她是否认现实世界的一切，她终成了一个疏狂孤介的人。在她三十年的岁月里，只有这些片段的梦境，维系着她的生命。

阳光渐渐地已移到那素心兰上，这目前的窗外春光，撩拨起她童年的眷恋，她深深地叹息了：“唉，多缺陷的现实的世界呵！在这春神努力地创造美丽的刹那间，你也想遮饰起你的丑恶吗？人类假使连这些梦影般的安慰也没有，我真不知道人们怎能延续他们的生命哟！”

但愿这窗外的春光，永驻人间吧！她这样虔诚地默祝着，素心兰像是解意般地向她点着头。

① 颐：颊、腮。——编者注

初冬浴日漫感

/

丰子恺

离开故居一两个月，一旦归来，坐到南窗下的书桌旁时第一感到异样的，是小半书桌的太阳光。原来夏已去，秋正尽，初冬方到。窗外的太阳已随分南倾了。

把椅子靠在窗缘上，背着窗坐了看书，太阳光笼罩了我的上半身。它非但不像一两月前地使我讨厌，反使我觉得暖烘烘地快适。这一切生命之母的太阳似乎正在把一种祛病延年、起死回生的乳汁，通过了它的光线而流注到我的体中来。

我掩卷瞑想：我吃惊于自己的感觉，为什么忽然这样变了？前日之所恶变成了今日之所欢；前日之所弃变成了今日之所求；前日之仇变成了今日之恩。张眼望见了弃置在高阁上的扇子，又吃一惊。前日之所欢变成了今日之所恶；前日之所求变成了今日之所弃；前日之恩变成了今日之仇。

忽又自笑：“**夏日可畏，冬日可爱**”，以及“团扇弃捐”，乃古之名言，夫人皆知，又何足吃惊？于是我的理智屈服了。但是我的感觉仍不屈服，觉得当此炎凉递变的交代期上，自有一种异样的感觉，足以使我吃惊。这仿佛是太阳已经落山而天还没有全黑的傍晚时光：我们还可以感到昼，同时已可以感到夜。又好比一脚已跨上船而一脚尚在岸上的登舟时光：我们还可以感到陆，同时亦可以感到水。我们在夜里固皆知道有昼，在船上固皆知道有陆，但只是“知道”而已，不是“实感”。我久被初冬的日光笼罩在南窗下，身上发出汗来，渐渐润湿了衬衣。当此之时，浴日的“实感”与挥扇的“实感”在我身中混成一气，这不是可吃惊的经验么？

夏日可畏，冬日可爱

于是我索性抛书，躺在墙角的藤椅里，用了这种混成的实感而环视室中，觉得有许多东西大变了相。有的东西变好了：像这个房间，在夏天常嫌其太小，洞开了一切窗门，还不够，几乎想拆去墙壁才好。但现在忽然大起来，大得很！不久将要用屏帏把它隔小来了。又如案上这把热水壶，以前曾被茶缸驱逐到碗橱的角里，现在又像纪念碑似的矗立在眼前了。棉被从前在伏日里晒的时候，大家讨嫌它既笨且厚，现在铺在床里，忽然使人悦目，样子也薄起来了。沙发椅子曾经想卖掉，现在幸而没有人买去。从前曾经想替黑猫脱下皮袍子，现在却羡慕它了。反之，有的东西变坏了：像风，从前人遇到了它都称“快哉”！欢迎它进来，现在渐渐拒绝它，不久要像防贼一样严防它入室了。又如竹榻，以前曾为众人所宝，极一时之荣，现在已无人问津，形容枯槁，毫无生气了。壁上一张汽水广告画。角上画着一大瓶汽水，和一只泛溢着白泡沫的玻璃杯，下面画着海水浴图。以前望见汽水图口角生津，看了海水浴图恨不得自己做了画中人，现在这幅画几乎使人打寒噤了。裸体的洋团团趺坐在窗口的小书架上，以前觉得它太写意，现在看它可怜起来。希腊古代名雕的石膏模型 Venus[①] 立像，把裙子褪在大腿边，高高地独立在凌空的花盆架上。我在夏天看见她的脸孔是带笑的，这几天望去忽觉其容有蹙，好像在悲叹她自己失却了

① Venus：维纳斯。——编者注

两只手臂，无法拉起裙子来御寒。

其实，物何尝变相？是我自已的感觉变叛了。感觉何以能变叛？是自然教它的。自然的命令何其严重：夏天不由你不爱风，冬天不由你不爱日。自然的命令又何其滑稽：在夏天定要你赞颂冬天所诅咒的，在冬天定要你诅咒夏天所赞颂的！

人生也有冬夏，童年如夏，成年如冬；或少壮如夏，老大如冬。在人生的冬夏，自然也常教人的感觉变叛，其命令也有这般严重，又这般滑稽。

贰 一朵青云飘落在肩

我不了解这样的语言。但是我在鸟声里听出了一种安闲的快乐。它们要告诉我的一定是它们的喜悦的感情。可惜我不能回答它们。

——巴金

雅舍

/

梁实秋

到四川来，觉得此地人建造房屋最是经济。火烧过的砖，常常用来做柱子，孤零零的砌起四根砖柱，上面盖上一个木头架子，看上去瘦骨嶙嶙，单薄得可怜；但是顶上铺了瓦，四面编了竹篦墙，墙上敷了泥灰，远远的看过去，没有人能说不像是座房子。我现在住的“雅舍”正是这样一座典型的房子。不消说，这房子有砖柱，有竹篦墙，一切特点都应有尽有。讲到住房，我的经验不算少，什么“上支下摘”“前廊后厦”“一楼一底”“三上三下”“亭子间”“茆草棚”“琼楼玉宇”和“摩天大厦”，各式各样，我都尝试过。我不论住在哪里，只要住得稍久，对那房子便发生感情，非不得已我还舍不得搬。这“雅舍”，我初来时仅求其能蔽风雨，并不敢存奢望，现在住了两个多月，我的好感油然而生。虽然我已渐渐感觉它是并不能蔽风雨，因为有窗而无玻璃，风来则洞若凉亭，有瓦而空隙不少，雨来则渗如滴漏。纵然不能蔽风雨，“雅舍”还是自有它的个性。有个性就可爱。

“雅舍”的位置在半山腰，下距马路约有七八十层的土阶。前面是阡陌螺旋的稻田。再远望过去是几抹葱翠的远山，旁边有高粱地，有竹林，有水池，有粪坑，后面是荒僻的榛莽未除的土山坡。若说地点荒凉，则月明之夕，或风雨之日，亦常有客到，大抵好友不嫌路远，路远乃见情谊。客来则先爬几十级的土阶，进得屋来仍须上坡，因为屋内地板乃依山势而铺，一面高，一面低，坡度甚大，客来无不惊叹。我则久而安之，每日由书房走到饭厅是上坡，饭后鼓腹而出是下坡，亦不觉有大不便处。

“雅舍”共是六间，我居其二。篦墙不固，门窗不严，故我与邻人彼此均可互通声息。邻人轰饮作乐，咿唔诗章，喁喁细语，以及鼾声、喷嚏声、吮汤声、撕纸声、脱皮鞋声，均随时由门窗户壁的隙处荡漾而来，破我岑寂。入夜则鼠子瞰灯，才一合眼，鼠子便自由行动，或搬核桃在地板上顺坡而下，或吸灯油而推翻烛台，或攀援而上帐顶，或在门框桌脚上磨牙，使得人不得安枕。但是对于鼠子，我很惭愧的承认，我“没有法子”。“没有法子”一语是被外国人常常引用着的，以为这话最足代表中国人的懒惰、隐忍的态度。其实我的对付鼠子并不懒惰。窗上糊纸，纸一戳就破；门户关紧，而相鼠有牙，一阵咬便是一个洞洞。试问还有什么法子？洋鬼子住到“雅舍”里，不也是“没有法子”？比鼠子更骚扰的是蚊子。“雅舍”的蚊虱之盛，是我前所未见的。“聚蚊成雷”真有其事！每当黄昏时候，满屋里磕头碰脑的全是蚊子，又黑又大，骨骼都像是硬的。在别处蚊子早已肃清的时候，在“雅舍”则格外猖獗，来客偶不留心，则两腿伤处累累隆起如玉蜀黍，但是我仍安之。冬天一到，蚊子自然绝迹，明年夏天——谁知道

贰　一朵青云飘落在肩

我还是住在“雅舍”！

“雅舍”最宜月夜——地势较高，得月较先。看山头吐月，红盘乍涌，一霎间，清光四射，天空皎洁，四野无声，微闻犬吠，坐客无不悄然！舍前有两株梨树，等到月升中天，清光从树间筛洒而下，地上阴影斑斓，此时尤为幽绝。直到兴阑人散，归房就寝，月光仍然逼进窗来，助我凄凉。细雨蒙蒙之际，“雅舍”亦复有趣。推窗展望，俨然米氏章法，若云若雾，一片弥漫。但若大雨滂沱，我就又惶悚不安了，屋顶湿印到处都有，起初如碗大，俄而扩大如盆，继则滴水乃不绝，终乃屋顶灰泥突然崩裂，如奇葩初绽，砉然一声而泥水下注，此刻满室狼藉，抢救无及。此种经验，已数见不鲜。

“雅舍”之陈设，只当得简朴二字，但洒扫拂拭，不使有纤尘。我非显要，故名公巨卿之照片不得入我室；我非牙医，故无博士文凭张挂壁间；我不业理发，故丝织西湖十景以及电影明星之照片亦均不能张我四壁。我有一几一椅一榻，酣睡写读，均已有着，我亦不复他求。但是陈设虽简，我却喜欢翻新布置。西人常常讥笑妇人喜欢变更桌椅位置，以为这是妇人天性喜变之一征。诬否且不论，我是喜欢改变的。中国旧式家庭，陈设千篇一律，正厅上是一条案，前面一张八仙桌，一边一把靠椅，两旁是两把靠椅夹一只茶几。我以为陈设宜求疏落参差之致，最忌排偶。**“雅舍”所有，毫无新奇，但一物一事之安排布置俱不从俗**。人入我室，即知此是我室。

“雅舍”所有，毫无新奇，但一物一事之安排布置俱不从俗

笠翁《闲情偶寄》之所论，正合我意。

“雅舍”非我所有，我仅是房客之一。但思“天地者万物之逆旅”，人生本来如寄，我住“雅舍”一日，“雅舍”即一日为我所有。即使此一日亦不能算是我有，至少此一日“雅舍”所能给予之苦辣酸甜，我实躬受亲尝。刘克庄词：“客里似家家似寄。”我此时此刻卜居“雅舍”，“雅舍”即似我家。其实似家似寄，我亦分辨不清。

长日无俚，写作自遣，随想随写，不拘篇章，冠以“雅舍小品”四字，以示写作所在，且志因缘。

静寂的园子

/

巴金

没有听见房东家的狗的声音。现在园子里非常静。那棵不知名的五瓣的白色小花仍然寂寞地开着。阳光照在松枝和盆中的花树上，给那些绿叶涂上金黄色。天是晴朗的，我不用抬起眼睛就知道头上是晴空万里。

忽然我听见洋铁瓦沟上有铃子响声，抬起头，看见两只松鼠正从瓦上溜下来，这两只小生物在松枝上互相追逐取乐。它们的绒线球似的大尾巴，它们的可爱的小黑眼睛，它们颈项上的小铃子吸引了我的注意。我索性不转睛地望着窗外。但是它们跑了两三转，又从藤萝架回到屋瓦上，**一瞬间就消失了，依旧把这个静寂的园子留给我**。

我刚刚埋下头，又听见小鸟的叫声。我再看，桂树枝上立着一只青灰色的白头小鸟，昂起头得意地歌唱。屋顶的电灯线上，还有一对麻雀在吱吱喳喳地讲话。

我不了解这样的语言。但是我在鸟声里听出了一种安闲的快乐。它们要告诉我的一定是它们的喜悦的感情。可惜我不能回答它们。我把手一挥，它们就飞走了。我的话不能使它们留住，它

一瞬间就消失了，依旧把这个静寂的园子留给我

们留给我一个园子的静寂。不过我知道它们过一阵又会回来的。

现在我觉得我是这个园子里惟一的生物了。我坐在书桌前俯下头写字，没有一点声音来打扰我。我正可以把整个心放在纸上。但是我渐渐地烦躁起来。这静寂像一只手慢慢地挨近我的咽喉。我感到呼吸不畅快了。这是不自然的静寂。这是一种灾祸的预兆，就像暴雨到来前那种沉闷静止的空气一样。

我似乎在等待什么东西。我有一种不安定的感觉，我不能够静下心来。我一定是在等待什么东西。我在等待空袭警报；或者我在等待房东家的狗吠声，这就是说，预行警报已经解除，不会有空袭警报响起来，我用不着准备听见凄厉的汽笛声（空袭警报）就锁门出去。近半月来晴天有警报差不多成了常例。

可是我的等待并没有结果。小鸟回来后又走了；松鼠们也来过一次，但又追逐地跑上屋顶，我不知道它们消失在什么地方。从我看不见的正面楼房屋顶上送过来一阵的乌鸦叫。这些小生物不知道人间的事情，它们不会带给我什么信息。

我写到上面的一段，空袭警报就响了。我的等待果然没有落空。这时我觉得空气在动了。我听见巷外大街上汽车的叫声。我又听见飞机的发动机声，这大概是民航机飞出去躲警报。有时我们的驱逐机也会在这种时候排队飞出，等着攻击敌机。我不能再写了，便拿了一本书锁上园门，匆匆地走到外面去。

在城门口经过一阵可怕的拥挤后，我终于到了郊外。在那里耽搁了两个多钟头，和几个朋友在一起，还在草地上吃了他们带出去的午餐。警报解除后，我回来，打开锁，推开园门，迎面扑来的仍然是一个园子的静寂。

我回到房间，回到书桌前面，打开玻璃窗，在继续执笔前还看看窗外。树上，地上，满个园子都是阳光。墙角一丛观音竹微微地在飘动它们的尖叶。一只大苍蝇带着嗡嗡声从开着的窗飞进房来，在我的头上盘旋。一两只乌鸦在我看不见的地方叫。一只黄色小蝴蝶在白色小花间飞舞。忽然一阵奇怪的声音在对面屋瓦上响起来，又是那两只松鼠从高墙沿着洋铁滴水管溜下来。它们跑到那个支持松树的木架上，又跑到架子脚边有假山的水池的石栏杆下，在那里追逐了一回，又沿着木架跑上松枝，隐在松叶后面了。松叶动起来，桂树的小枝也动了，一只绿色小鸟刚刚歇在那上面。

狗的声音还是听不见。我向右侧着身子去看那条没有阳光的窄小过道。房东家的小门紧紧地闭着。这些时候那里就没有一点声音。大概这家人大清早就到城外躲警报去了，现在还不曾回来。他们回来恐怕在太阳落坡的时候。那条肥壮的黄狗一定也跟着他们“疏散”了，否则会有狗抓门的声音送进我的耳里来。

我又坐在窗前写了这许多字。还是只有乌鸦和小鸟的叫声陪伴我。苍蝇的嗡嗡声早已寂灭了。现在在屋角又响起了老鼠啃东西的声音。都是响一回又静一回的，在这个受着轰炸威胁的城市里我感到了寂寞。

然而像一把刀要划破万里晴空似的，嘹亮的机声突然响起来。这是我们自己的飞机。声音多么雄壮，它扫除了这个园子的静寂。我要放下笔到庭院中去看天空，看那些背负着金色阳光在蓝空里闪耀的灰色大蜻蜓。那是多么美丽的景象。

菠萝园

/

杨朔

莽莽苍苍的西非洲大陆又摆在我的眼前。我觉得这不是大陆，简直是个望不见头脚的巨人，黑凛凛的，横躺在大西洋边上。瞧那肥壮的黑土，不就是巨人浑身疙疙瘩瘩的怪肉？那绿森森的密林丛莽就是浑身的毛发，而那纵横的急流大河正是一些隆起的血管，里面流着掀腾翻滚的热血。谁知道在那漆黑发亮的皮肤下，潜藏着多么旺盛的生命。我已经三到西非，这是第二次到几内亚了。我却不能完全认出几内亚的面目来。非洲巨人正在成长，每时每刻都在往高里拔，往壮里长，改变着自己的形景神态。几内亚自然也在展翅飞腾，长得越发雄健了。可惜我没有那种手笔，能把几内亚整个崭新的面貌勾画出来。勾几笔淡墨侧影也许还可以。现在试试看。

离科纳克里五十公里左右有座城镇叫高雅，围着城镇多是高大的芒果树，叶子密得不透缝，热风一吹，好像一片翻腾起伏的绿云。芒果正熟，一颗一颗，金黄鲜美，熟透了自落下来，不小心能打伤人。我们到高雅却不是来看芒果，是来看菠萝园的。从高雅横插出去，眼前展开一片荒野无边的棕榈林，间杂着各种叫不出名儿的野树，看样子，还很少有人类的手触动过的痕迹。偶然间也会在棕榈树下露出一个黑蘑菇似的圆顶小草屋，当地苏苏语叫做“塞海邦赫”，是很适合热带气候的房屋，住在里边，多毒的太阳，多大的暴雨，也不怎么觉得。渐渐进入山地，棕榈林忽然间一刀斩断，我们的车子突出森林的重围，来到一片豁朗开阔的盆地，一眼望不到头。这景象，着实使我一愣。

一辆吉普车刚巧对面开来，一下子煞住，有人扬了扬手高声说：“欢迎啊，中国朋友。”接着跳下车来。

这是个不满三十岁的人，戴着顶浅褐色丝绒小帽，昂着头，模样儿很精干，也很自信。他叫董卡拉，是菠萝园的主任，特意来迎我们的。

董卡拉伸手朝前面指着说：“请看看吧，这就是我们的菠萝园，是我们自已用双手开辟出来的。如果两年前你到这里来啊……”

这里原是险恶荒野的丛莽，不见人烟，盘踞着猴子一类的野兽。一九六〇年七月起，来了一批人，又来了一批人……使用着斧子、镰刀等类简单的工具，动手开辟森林。他们砍倒棕榈，斩断荆棘，烧毁野林，翻掘着黑红色的肥土。荆棘刺破他们的手脚，滴着血水；烈日烧焦他们的皮肉，流着汗水。血汗渗进土里，终于培养出今天来。

今天啊，请看看吧，一抹平川，足有几百公顷新开垦出来的土地，栽满千丛万丛肥壮的菠萝。菠萝丛里，处处闪动着大红大紫的人影，在做什么呢？

都是工人，多半是男的，也有女的，一律喜欢穿颜色浓艳的衣裳。他们背着中国造的喷雾器，前身系着条粗麻布围裙，穿插在叶子尖得像剑的菠萝棵子里，挨着棵往菠萝心里注进一种灰药水。

董卡拉解释说：“这是催花。一灌药，花儿开得快，结果也结得早。”

惭愧得很，我还从来没见过菠萝花呢。很想看看。董卡拉合拢两手比了比，比得有绣球花那么大，说花色是黄的，一会儿指给我看。可是转来转去，始终不见一朵花。我想：刚催花，也许还不到花期。

其实菠萝并没有十分固定的花期。这边催花，另一处却在收成。我们来到一片棕榈树下，树荫里堆着小山似的鲜菠萝，金煌煌的，好一股喷鼻子的香味。近处田野里飘着彩色的衣衫，闪着月牙般的镰刀，不少人正在收割果实。

一个穿着火红衬衫的青年削好一个菠萝，硬塞到我手里，笑着说：“好吧，好朋友，你尝尝有多甜。要知道，这是我们头一次的收成啊。”

那菠萝又大又鲜，咬一口，真甜，浓汁顺着我的嘴角往下淌。我笑，围着我的工人笑得更甜。请想想，前年开辟，去年栽种，经历过多少艰难劳苦，今年终于结了果，还是头一批果实。他们怎能不乐？我吃着菠萝，分享到他们心里的甜味，自然也乐。

不知怎的，我却觉得这许多青年不是在收成，是在催花，像

那菠萝又大又鲜，咬一口，真甜，浓汁顺着我的嘴角往下淌

那些背着喷雾器的人一样在催花。不仅这样。我走到一座小型水库前，许多人正在修坝蓄水，准备干旱时浇灌菠萝。我觉得，他们也是在催花。我又走到正在修建当中的工人城，看着工人砌砖，我又想起那些催花的人。我走得更远，望见另一些人在继续开垦荒地，扩大菠萝田。地里烧着砍倒的棕榈断木，冒着带点辣味的青烟。这烟，好像也在催花。难道不是这样么？这许许多多人，以及几内亚整个人民，他们艰苦奋斗，辛勤劳动，岂不都是催花使者，正在催动自己的祖国开出更艳的花，结出更鲜的果。

菠萝园四围是山。有一座山峰十分峭拔，跟刀削的一样，叫“钢钢山”。据说很古很古以前，几内亚人民的祖先刚从内地来到大西洋沿岸时，一个叫“钢钢狄”的勇士首先爬上这山的顶峰，因此山便得了名。勇敢的祖先便有勇敢的子孙。今天在几内亚，谁能数得清究竟有多少“钢钢狄”，胸怀壮志，正从四面八方攀登顶峰呢。

书桌

/

叶圣陶

十多年前寄居乡下的时候，曾经托一个老木匠做一张书桌。我并不认识这个老木匠，向当地人打听，大家一致推荐他，我就找他。

对于木材，我没有成见，式样也随便，我只要有一张可以靠着写写字的桌子罢了。他代我作主张，用梧桐，因为他那里有一段梧桐，已经藏了好几年，干了。他又代我规定桌子的式样。两旁边的抽屉要多少高，要不然装不下比较累赘的东西。右边只须做一只抽屉，抽屉下面该是一个柜子，安置些重要的东西，既见得稳当，取携又方便。左右两边里侧的板距离要宽些，要不然，两个膝盖时时触着两边的板，就感觉局促，不舒服。我样样依从了他，当时言明工料价六块钱。

过了一个星期，过了半个月，过了二十多天，不见他把新书桌送来。我再不能等待了，特地跑去问他。他指着靠在阴暗的屋角里的一排木板，说这些就是我那新书桌的材料。我不免疑怪，二十多天功夫，只把一段木头解了开来！

他看出我的疑怪，就用教师般的神情给我开导。说整段木头虽然干了，解了开来，里面还未免有点儿潮。如果马上拿来做家伙，不久就会出毛病，或是裂一道缝，或是接榫处松了。人家说起来，这是某某做的“生活”，这么脆弱不经用。他向来不做这种“生活”，也向来没有受过这种指摘。现在这些木板，要等它干透了，才好动手做书桌。

他恐怕我不相信，又举出当地的一些人家来，某家新造花厅，添置桌椅，某家小姐出阁准备嫁妆，木料解了开来，都搁在那里等待半年八个月再上手呢。“先生，你要是有功夫，不妨到他们家里去看看，我做的家伙是不容它出毛病的。”他说到“我做的家伙”，黄浊的眼睛放射出夸耀的光芒，宛如文人朗诵他的得意作品时候的模样。

我知道催他快做是无效的，好在我并不着急，也就没说什么催促的话。又过了一个月，我走过他门前，顺便进去看看。一张新书桌站在墙边了，近乎乳白色的板面显出几条年轮的痕迹。老木匠正弯着腰，几个手指头抵着一张“沙皮”，在磨擦那安抽屉的长方孔的边缘。

我说再过一个星期，大概可以交货了吧。他望望屋外的天，又看看屋内高低不平的泥地，摇头说：“不行。这样干燥的天气，怎么能上漆呢？要待转了东南风，天气潮湿了，上漆才容易干，才可以透入木头的骨子里去，不会脱落。”

此后下了五六天的雨。乡下的屋子，室内铺着方砖，每一块都渗出水来，像劳工背上淌着汗。无论什么东西，手触上去总觉得黏黏的。穿在身上的衣服也散发出霉蒸气。我想，我的新书桌该在上漆了吧。

又过了十多天，老木匠带同他的徒弟把新书桌抬来了。栗壳色，油油的发着光亮，一些陈旧的家具有它一比更见得黯淡失色了。老木匠问明了我，就跟徒弟把书桌安放在我指定的地位，只恐徒弟不当心，让桌子跟什么东西碰撞，因而擦掉一点儿漆或是划上一道纹路，他连声发出“小心呀”“小心呀”的警告。直到安放停当了，他才松爽地透透气，站远一点儿，用一只手摸着长着灰色短须的下巴，悠然地鉴赏他的新作品。我交给他六块钱，他随便看了一眼就握在手心里，眼光重又回到他的新作品。最后说：“先生，你用用看，用了些时，你自然会相信我做的家伙是可以传子孙的。”他说到“我做的家伙”，夸耀的光芒又从他那黄浊的眼睛放射出来了。

以后十年间，这张书桌一直跟着我迁徙。搬运夫粗疏的动作使书桌添上不少纹路。但是身子依旧很结实，接榫处没有一点儿动摇。直到“一二·八”战役，才给毁坏了。大概是日本军人刺刀的功绩。以为锁着的柜子里藏着什么不利于他们的东西，前面一刀，右侧一刀，把两块板都划破了。左边只有三只抽屉，都没有锁，原可以抽出来看看的，大概因为军情紧急吧，没有一只一只抽出来看的余裕，就把左侧的板也划破了，而且拆了下来，丢在一旁。

事后我去收拾残余的东西。看看这张相守十年的书桌，虽然像被残害的尸体一样，肚肠心肺都露出来了。可是还舍不得就此

以后十年间，这张书桌一直跟着我迁徙

丢掉。于是请一个木匠来，托他修理。木匠说不用抬回去，下一天带了材料和家伙来修理就是了。

第二天下午，我放工回家，木匠已经来过，书桌已经修理好了。真是看了不由得生气的修理！三块木板刨也没刨平。边缘并不嵌入木框的槽里，只用几个一寸钉把木板钉在木框的外面。涂的是窑煤似的黑漆，深一搭，淡一搭，仿佛还没有刷完工的黑墙头。工料价已经领去，大洋一块半。

我开始厌恶这张书桌了。想起制造这张书桌的老木匠，他那种一丝不苟的态度，简直使缺少耐性的人受不住，然而他做成的家伙却是无可批评的。同样是木匠，现在这一个跟老木匠比起来，相差太远了。我托他修理，他就仅仅按照题目做文章，还我一个修理。木板破了，他给我钉上不破的。原来涂漆的，他也给我涂上些漆。这不是修理了吗？然而这张书桌不成一件家伙了。

同样的事在上海时时会碰到。从北京路那些木器店里买家具，往往在送到家里的时候就擦去了几处漆，划上了几条纹路。送货人有他的哲学。你买一张桌子，四把椅子，总之送给你一张桌子，四把椅子，决不短少一件。擦去一点儿漆，划上几条纹路，算得什么呢！这种家具使用不久，又往往榫头脱出了，抽屉关不上了，叫你看着不舒服。你如果去向店家说话，店家又有他的哲学给你作答。这些家具在出门的时候都是好好的，总之我们没有把破烂的东西卖给你。至于出门以后的事，谁管得了！这可以叫做“出门不认货”主义。

又譬如冬季到了，你请一个洋铁匠来给你装火炉。火炉不能没有通气管子，通气管子不能没有支持的东西，他就横一根竖一根地引出铅丝去，钉在他认为着力的地方。达，达，达，一个钉子钉在窗框下。达，达，达，一个钉子钉在天花板上。达，达，达，一个钉子钉在墙壁上。可巧碰着了砖头，钉不进去，就换个地方再钉。然而一片粉刷已经掉了下来，墙壁上有了伤疤了。也许钉了几回都不成功，他就凿去砖头，嵌进去一块木头。这一回当然钉牢了，然而墙壁上的伤疤更难看了。等到他完工，你抬起头来看，横七竖八的铅丝好似被摧残的蜘蛛网，曲曲弯弯伸出去的洋铁管好似一条呆笨的大蛇，墙壁上散布着伤疤好像谁在屋子里乱放过一阵手枪。即使火炉的温暖能给你十二分舒适，看着这些，那舒适不免要打折扣了。但是你不能怪洋铁匠，他所做的并没有违反他的哲学。你不是托他装火炉吗？他依你的话把火炉装好了。还有什么好说呢？

倘若说乡下那个老木匠有道德，所以对于工作不肯马虎，上海的工匠没有道德，所以只图拆烂污，出门不认货，不肯为使用器物的人着想，这未免是拘墟之见。我想那个老木匠，当他幼年当徒弟的时候，大概已经从师父那里受到熏陶，养成了那种一丝不苟的态度了吧。而师父的师父也是这么一丝不苟的，从他的徒孙可以看到他的一点儿影像。他们所以这样，为的是当地只有这么些人家做他们永远的主顾，这些人家都是相信每一件家伙预备传子孙的，自然不能够潦潦草草对付过去。乡下地方又很少受时间的催迫。女儿还没订婚，嫁妆里的木器却已经在置办了。定做了一件家具，今天拿来使用跟下一个月拿来使用，似乎没有什么分别，甚至延到明年拿来使用也不见得怎样不方便。这又使他们尽可以耐着性儿等待木料的干燥和天气的潮湿。更因主顾有限，手头的工作从来不会拥挤到忙不过来，他们这样从从容容，细磨细琢，一半自然是做“生活”，一半也就是消闲寄兴的玩意儿。在这样情形之下做成的东西，固然无非靠此换饭吃，但是同时是自己精心结撰的制作，不能不对它发生珍惜爱护的心情。总而言之，是乡下的一切生活方式形成了老木匠的那种态度。

都市地方可不同了。都市地方的人口是流动的，同一手艺的作场到处都有，虽不能说没有老主顾，像乡下那样世世代代请教某一家作场的老主顾却是很少的。一个工匠制造了一件家具，这件家具将归什么人使用，他无从知道。一个主顾跑来，买了一两件东西回去，或是招呼到他家里去为他做些工作，这个主顾会不会再来第二回，在工匠也无从预料。既然这样，工作潦草一点儿又何妨？而且，都市地方多的是不嫌工作潦草的人。每一件东西预备传子孙的观念，都市中人早已没有了（他们懂得一个顶扼要的办法，就是把钱传给子孙，传了钱等于什么都传下去了）。代替这个观念的是想要什么立刻有什么。住亭子间的人家新搬家，看看缺少一张半桌，跑出去一趟，一张半桌载在黄包车上带回来了，觉得很满意。住前楼的文人晚上写稿子，感到冬天的寒气有点儿受不住，立刻请个洋铁匠来，给装上个火炉。生起火炉来写稿子，似乎文思旺盛得多。富翁见人家都添置了摩登家具，看看自己家里，还一件也没有，相形之下不免寒伧，一个电话打出去，一套摩登家具送来了。陈设停当之后，非常高兴，马上打电话招一些朋友来叙叙。年轻的小姐被邀请去当女傧相了，非有一身“剪刀口里”的新装不可，跑到服装公司里，一阵的挑选和叮嘱，质料要时髦，缝制要迅速，临到当女傧相的时刻，心里又骄傲又欢喜，仿佛满堂宾客的眼光一致放弃了新娘而集中在她一个人身上似的。当然，“想要什么”而不能“立刻有什么”的人居大多数，为的是钱不凑手。

现在单说那些想要什么立刻有什么的，他们的满足似乎只在“立刻有什么”上，要来的东西是否坚固结实，能够用得比较长久，他们是不问的。总之，他们都是不嫌工作潦草的人。主顾的心理如此，工匠又何苦一定要一丝不苟？都市地方有一些大厂家，设着验工的部分，检查所有的出品，把不合格的剔出来，不让它跟标准出品混在一起，因而他们的出品为要求形质并重的人所喜爱。但是这种办法是厂主为要维持他那“牌子”的信用而想出来的，在工人却是一种麻烦，如果手制的货品被认为不合格，就有罚工钱甚至停工的灾难。现在工厂里的工人再也不会把手制的货品看做艺术品了。他们只知道货品是玩弄他们生命的怪物，必须服事了它才有饭吃，可是无论如何吃不饱。——工人的这种态度和观念，也是都市地方的一切生活方式形成的。

近年来乡下地方正在急剧地转变，那个老木匠的徒弟大概要跟他的师父以及师父的师父分道扬镳了。

书

/

朱湘

拿起一本书来，先不必研究它的内容，只是它的外形，就已经很够我们的赏鉴了。

那眼睛看来最舒服的黄色毛边纸，单是纸色已经在我们的心目中引起一种幻觉，令我们以为这书是一个逃免了时间之摧残的遗民。它所以能幸免而来与我们相见的这段历史的本身，就已经是一本书，值得我们的思索、感叹，更不须提起它的内含的真或美了。

还有那一个个正方的形状，美丽的单字，每个字的构成，都是一首诗；每个字的沿革，都是一部历史。飙是三条狗的风：在秋高草枯的旷野上，天上是一片青，地上是一片赭，中疾的猎犬风一般快的驰过，嗅着受伤之兽在草中滴下的血腥，顺了方向追去，听到枯草飒索的响，有如秋风卷过去一般。昏是婚的古字：在太阳下了山，对面不见人的时候，有一群人骑着马，擎着红光闪闪的火把，悄悄向一个人家走近。等着到了竹篱柴门之旁的时候，在狗吠声中，趁着门还未闭，一声喊齐拥而入，让新郎从打麦场上挟起惊呼的新娘打马而回。同来的人则抵挡着新娘的父兄，作个不打不成交的亲家。

印书的字体有许多种：宋体挺秀有如柳字，麻沙体夭矫有如欧字，书法体娟秀有如褚字，楷体端方有如颜字[①]。楷体是最常见的了。这里面又分出许多不同的种类来：一种是通行的正方体；还有一种是窄长的楷体，棱角最显；一种是扁短的楷体，浑厚颇有古风。还有写的书：或全体楷体，或半楷体，它们不单看来有一种密切的感觉，并且有时有古代的写本，很足以考证今本的印误，以及文字的假借。

如果在你面前的是一本旧书，则开章第一篇你便将看见许多朱色的印章，有的是雅号，有的是姓名。在这些姓名别号之中，你说不定可以发见古代的收藏家或是名倾一世的文人，那时候你便可以让幻想驰骋于这朱红的方场之中，构成许多缥缈的空中楼阁来。还有那些朱圈，有的圈得豪放，有的圈得森严，你可以就它们的姿态，以及它们的位置，悬想出读这本书的人是一个少年，还是老人；是一个放荡不羁的才子，还是老成持重的儒者。你也能借此揣摩出这主人翁的命运：他的书何以流散到了人间？是子孙不肖，将它舍弃了？是遭兵逃反，被一班庸奴偷窃出了他的藏书楼？还是运气不好，家道中衰，自己将它售卖了，来填偿债务，或是支持家庭？书的旧主人是这样。我呢？我这书的今主人呢？

① 柳字：柳公权体；欧字：欧阳询体；褚字：褚遂良体；颜字：颜真卿体。——编者注

他当时对着雕花的端砚，拿起新发的朱笔，在清淡的炉香气息中，圈点这本他心爱的书，那时候，他是决想不到这本书的未来命运。他自己的未来命运，是个怎样结局的；**正如这现在读着这本书的我，不能知道我未来的命运将要如何一般**。

正如这现在读着这本书的我，不能知道我未来的命运将要如何一般

更进一层，让我们来想象那作书人的命运：他的悲哀，他的失望，无一不自然的流露在这本书的字里行间。让我们读的时候，时而跟着他啼，时而为他扼腕太息。要是，不幸上再加上不幸，遇到秦始皇或是董卓，将他一生心血呕成的文章，一把火烧为乌有；或是像《金瓶梅》《红楼梦》《水浒》一般命运，被浅见者标作禁书，那更是多么可惜的事情呵！

天下事真是不如意的多。不讲别的，只说书这件东西，它是再与世无争也没有的了，也都要受这种厄运的摧残。至于那琉璃一般脆弱的美人，白鹤一般兀傲的文士，他们的遭忌更是不言可喻了。试想含意未伸的文人，他们在不得意时，有的樵采，有的放牛，不仅无异于庸人，并且备受家人或主子的轻蔑与凌辱；然而他们天生得性格倔强，世俗越对他白眼，他却越有精神。他们有的把柴挑在背后，拿书在手里读；有的骑在牛背上，将书挂在牛角上读；有的在蚊声如雷的夏夜，囊了萤照着书读；有的在寒风冻指的冬夜，拿了书映着雪读。然而时光是不等人的，等到他们学问已成的时候，眼光是早已花了，头发是早已白了，只是在他们的头额上新添加了一些深而长的皱纹。

咳！不如趁着眼睛还清朗，鬓发尚未成霜，多读一读“人生”这本书罢！

叁 原来喜欢便是好

在爆竹稍静了些的时节，我老看见些过去的苦境。可是我既不落泪，也不狂歌，我只静静的躺着。躺着躺着，多咱烛光在壁上幻出一个“抬头见喜”，那就快睡去了。

——老舍

放风筝

/

梁实秋

偶见街上小儿放风筝，拖着一根棉线满街跑，嬉戏为欢，状乃至乐。那所谓风筝，不过是竹篾架上糊一点纸，一尺见方，顶多底下缀着一些纸穗，其结果往往是绕挂在街旁的电线上。

常因此想起我小时候在北平放风筝的情形。我对放风筝有特殊的癖好，从孩提时起直到三四十岁，遇有机会从没有放弃过这一有趣的游戏。在北平，放风筝有一定的季节，大约总是在新年过后开春的时候为宜。这时节，风劲而稳。严冬时风很大，过于凶猛，春季过后则风又嫌微弱了。开春的时候，蔚蓝的天，风不断地吹，最好放风筝。

北平的风筝最考究。这是因为北平的有闲阶级的人多，如八旗子弟，凡属耳目声色之娱的事物都特别发达。我家住在东城，东四南大街，在内务部街与史家胡同之间有一个二郎庙，庙旁边有一爿风筝铺，铺主姓于，人称“风筝于”。他做的风筝在城里颇有小名。我家离他近，买风筝特别方便。他做的风筝，种类繁多，如肥沙雁、瘦沙雁、龙井鱼、蝴蝶、蜻蜓、鲇鱼、灯笼、白菜、蜈蚣、美人儿、八卦、蛤蟆以及其他形形色色。鱼的眼睛是活动的，放起来滴溜溜地转，尾巴拖得很长，临风波动。蝴蝶、蜻蜓的翅膀也有软的，波动起来也很好看。风筝的架子是竹制的，上面绷起高丽纸面，讲究的要用绢绸，绘制很是精致，彩色缤纷。“风筝于”的出品，最精彩是“提线”拴得角度准确，放起来不“折筋斗”，平平稳稳。风筝小者三尺，大者一丈以上，通常在家里玩玩由三尺到七尺就很够。新年厂甸开放，风筝摊贩也很多，品质也还可以。

放风筝的线，小风筝用棉线即可，三尺以上就要用棉线数绺捻成的“小线”，小线也有粗细之分，视需要而定。考究的要用“老弦”：取其坚牢，而且分量较轻，放起来可以扭成直线，不似小线之动辄出一圆兜。线通常绕在竹制的可旋转的“线桄子”上。讲究的是硬木制的线桄子，旋转起来特别灵活迅速。用食指打一下，桄子即转十几转，自然地把线绕上去了。

有人放风筝，尤其是较大的风筝，常到城根或其他空旷的地方去，因为那里风大，一抖就起来了。尤其是那一种特制的巨型风筝，名为“拍子”，长方形的，方方正正没有一点花样，最大的没有超过九尺。北平的住宅都有个院子，放风筝时先测定风向，要有人带起一根大竹竿，竿顶置有铁叉头或铜叉头（即挂画所用的那种叉子），把风筝挑起，高高举起到房檐之上，等着风一来，一抖，风筝就飞上天去，竹竿就可以撤了，有时候风不够大，举竹竿的人还要爬上房去踞坐在房脊上面。有时候，费了不少手脚，而风姨不至，只好废然作罢，不过这种扫兴的机会并不太多。

风筝和飞机一样，在起飞的时候和着陆的时候最易失事。电线和树都是最碍事的，须善为躲避。风筝一上天，就没有事，有时候进入罡风境界，直不需用手牵着，大可以把线拴在屋柱上面，自己进屋休息，甚至拴一夜，明天再去收回。春寒料峭，在院子里久了会冻得涕泗交流，线弦有时也会把手指勒得青疼，甚至出血，是需要到屋里去休息取暖的。

风筝之“筝”字，原是一种乐器，似瑟而十三弦。所以顾名思义，风筝也是要有声响的，《询刍录》云：“五代李邺于宫中做纸鸢，引线乘风为戏，后于鸢首以竹为笛，使风入竹，声如筝鸣，故名风筝。”这记载是对的。不过我们在北平所放的风筝，倒不是“以竹为笛”，带响的风筝是两种，一种是带锣鼓的，一种是带弦弓的，二者兼备的当然也不是没有。所谓锣鼓，即是利用风车的原理捶打纸制的小鼓，清脆可听。弦弓的声音比较更为悦耳。有诗为证：

夜静弦声响碧空，
宫商信任往来风。
依稀似曲才堪听，
又被移将别调中。

——［唐］高骈《风筝》

我以为放风筝是一件颇有情趣的事。人生在世上，局促在一个小圈圈里，大概没有不想偶然远走高飞一下的。出门旅行，游山逛水，是一个办法，然亦不可常得。放风筝时，手牵着一根线，看风筝冉冉上升，然后停在高空，这时节仿佛自己也跟着风筝飞起了，俯瞰尘寰，怡然自得。我想这也许是自己想飞而不可得，一种变相的自我满足罢。春天的午后，看着天空飘着别人家放起的风筝，虽然也觉得很好玩，究不若自己手里牵着线的较为亲切，**那风筝就好像是载着自己的一片心情上了天**。真是的，在把风筝收回来的时候，心里泛起一种异样的感觉，好像是游罢归来，虽然不是扫兴，至少也是尽兴之后的那种疲惫状态，懒洋洋的，无话可说，从天上又回到了人间。从天上翱翔又回到匍匐地上。

放风筝还可以“送幡”（俗呼为“送饭儿”）。用铁丝圈套

那风筝就好像是载着自己的一片心情上了天

在风筝线上，圈上附一长纸条，在放线的时候铁丝圈和长纸条便被风吹着慢慢地滑上天去，纸幡在天空飞荡，直到抵达风筝脚下为止。在夜间还可以把一盏一盏的小红灯笼送上去，黑暗中不见风筝，只见红灯朵朵在天上游来游去。

放风筝有时也需要一点点技巧。最重要的是在放线松弛之间要控制得宜。风太劲，风筝陡然向高处跃起，左右摇晃，把线拉得绷紧，这时节一不小心风筝便会倒栽下去。栽下去不要慌，赶快把线一松，它立刻又会浮起，有时候风筝已落到视线所不能及的地方，依然可以把它挽救起来，凡事不宜操之过急，放松一步，往往可以化险为夷，放风筝亦一例也。技术差的人，看见风筝要栽筋斗，便急忙往回收，适足以加强其危险性，以至于不可收拾。风筝落在树梢上也不要紧，这时节也要把线放松，乘风势轻轻一扯便会升起，性急的人用力拉，便愈纠缠不清，直到把风筝扯碎为止。在风力弱的时候，风筝自然要下降，线成兜形，便要频频扯抖，尽量放线，然后再及时收回，一松一紧，风筝可以维持于不坠。

好斗是人的一种本能。放风筝时也可表现出战斗精神。发现邻近有风筝飘起，如果位置方向适宜，便可向它斗争。法子是设法把自己的风筝放在对方的线兜之下，然后猛然收线，风筝陡地直线上升，势必与对方的线兜交缠在一起，两只风筝都摇摇欲坠，双方都急于向回扯线，这时候就要看谁的线粗，谁的手快，谁的地势优了。优胜的一方面可以扯回自己的风筝，外加一只俘虏，可能还有一段的线。我在一季之中，时常可以俘获四五只风筝。

把俘获的风筝放起，心里特别高兴，好像是在炫耀自己的胜利品，可是有时候战斗失利，自己的风筝被俘，过一两天看着自己的风筝在天空飘荡，那便又是一种滋味了。这种斗争并无伤于睦邻之道，这是一种游戏，不发生侵犯领空的问题。并且风筝也只好玩一季，没有人肯玩隔年的风筝。迷信说隔年的风筝不吉利，这也许是卖风筝的人造的谣言。

山水

/
李广田

先生，你那些记山水的文章我都读过，我觉得那些都很好。但是我又很自然地有一个奇怪念头：我觉得我再也不愿意读你那些文字了，我疑惑那些文字都近于夸饰，而那些夸饰是会叫生长在平原上的孩子悲哀的。你为什么尽把你们的山水写得那样美好呢？难道你从来就不曾想到过：就是那些可爱的山水也自有不可爱的理由吗？我现在将以一个平原之子的心情来诉说你们的山水：在多山的地方行路不方便，崎岖坎坷，总不如平原上坦坦荡荡；住在山圈里的人很不容易望到天边，更看不见太阳从天边出现，也看不见流星向地平线下消逝，因为乱山遮住了你们的望眼；万里好景一望收，是只有生在平原上的人才有这等眼福；你们喜欢写帆，写桥，写浪花或涛声，但在我平原人看来，却还不如秋风禾黍或古道鞍马更为好看；而大车工东，恐怕也不是你们山水乡人所可听闻。此外呢，此外似乎还应该有许多理由，然而我的笔偏不听我使唤，我不能再写出来了。唉唉，我够多么蠢，我想同你开一回玩笑，不料却同自己开起玩笑来了，我原是要诉说平原人的悲哀呀。我读了你那些山水文章，我乃想起了我的故乡，我在那里消磨过十数个春秋，我不能忘记那块平原的忧愁。

我们那块平原上自然是无山无水，然而那块平原的子孙们是如何地喜欢一洼水，如何地喜欢一拳石啊。那里当然也有井泉，但必须是深及数丈之下才能用桔槔取得他们所需的清水，他们爱惜清水，就如爱惜他们的金钱。孩子们就巴不得落雨天，阴云漫漫，几个雨点已使他们的灵魂得到了滋润，一旦大雨滂沱，他们当然要乐得发狂。他们在深仅没膝的池塘里游水，他们在小小水沟里放草船，他们从流水的车辙想象长江大河，又从稍稍宽大的水潦想象海洋。他们在凡有积水的地方作种种游戏，即使因而为父母所责骂，总觉得一点水对于他们的感情最温暖。有远远从水乡来卖鱼蟹的，他们就爱打听水乡的风物；有远远从山里来卖山果的，他们就爱探访山里有什么奇产。远山人为他们带来小小的光滑石卵，那简直就是获得了至宝，他们会以很高的代价，使这块石头从一个孩子的衣袋转入另一个的衣袋，他们猜想那块石头的来源，他们说那是从什么山岳里采来的，曾在什么深谷中长养，为几千万年的山水所冲洗，于是变得这么滑，这么圆，又这么好看。曾经去过远方的人回来惊讶道："我见过山，我见过山，完全是石头，完全是石头。"于是听话的人在梦里画出自己的山峦。他们看见远天的奇云，便指点给孩子们说道："看啊，看啊，那像山，那像山。"孩子们便望着那变幻的云彩而出神。平原的子孙对于远方山水真有些好想象，而他们的寂寞也正如平原之无边。先生，你几时到我们那块平原上去看看呢：树木、村落，树木、村落，无边平野，尚有我们的祖先永息之荒冢累累。唉唉，平原的风从天边驰向天边，管叫你望而兴叹了。

自从我们的远祖来到这一方平原，在这里造起第一个村庄后，他们就已经领受了这份寂寞。他们在这块地面上种树木，种菜蔬，种各色花草，种一切谷类，他们用种种方法装点这块地面。多少世代向下传延，平原上种遍了树木，种遍了花草，种遍了菜蔬和五谷，也造下了许多房屋和坟墓。但是他们那份寂寞却依然如故，他们常常想到些远方的风候，或者是远古的事物，那是梦想，也就是梦忆，因为他们仿佛在前生曾看见些美好的去处。他们想，为什么这块地方这么平平呢，为什么就没有一些高低呢。他们想以人力来改造他们的天地。

你也许以为这块平原是非常广远的吧。不然，南去三百里，有一条小河，北去三百里，有一条大河，东至于海，西至于山，俱各三四百里，这便是我们这块平原的面积。这块地面实在并不算广漠，**然而住在这平原中心的我们的祖先，却觉得这天地之大等于无限**。我们的祖先们住在这里，就与一个孤儿被舍弃在一个荒岛上无异。我们的祖先想用他们自己的力量来改造他们的天地，于是他们就开始一件伟大的工程。农事之余，是他们的工作时间，凡是这平原上的男儿都是工程手，他们用铣，用锹，用刀，用铲，用凡可掘土的器具，南至小河，北至大河，中间绕过我们祖先所奠定的第一个村子，他们凿成了一道大川流。我们的祖先并不曾给我们留下记载，叫我们无法计算这工程所费的岁月。但有一个不很正确的数目写在平原之子的心里：或说三十年，或说四十年，或说共过了五十度春秋。先生，从此以后，我们祖先才可以垂钓，可以泅泳，可以行木桥，可以驾小舟，可以看河上的云烟。你还必须知道，那时代我们的祖先都很勤苦，男耕耘，女蚕织，所以都得饱食暖衣，平安度日，他们还有余裕想到别些事情，有余裕使感情上知道缺乏些什么东西。他们既已有了河流，这当然还不如你文章中写的那么好看，但总算有了流水，然而我们的祖先仍是觉得不够满好，他们还需要在平地上起一座山岳。

一道活水既已流过这平原上第一个村庄之东，我们的祖先就又在村庄的西边起始第二件工程。他们用大车，用小车，用担子，

然而住在这平原中心的我们的祖先，却觉得这天地之大等于无限

用篮子，用布袋，用衣襟，用一切可以盛土的东西，运村南村北之土于村西，他们用先前开河的勤苦来工作，要掘得深，要掘得宽，要把掘出来的土都运到村庄的西面。他们又把那河水引入村南村北的新池，于是一曰南海，一曰北海，自然村西已聚起了一座十几丈高的山。然而这座山完全是土的，于是他们远去西方，采来西山之石，又到南国，移来南山之木，把一座土山装点得峰峦秀拔，嘉树成林。年长日久，山中梁木柴薪，均不可胜用，珍禽异兽，亦时来栖止。农事有暇，我们的祖先还乐得扶老提幼，携酒登临。南海北海，亦自鱼鳖蕃殖，萍藻繁多，夜观渔舟火，日听采莲歌。先生，你看我们的祖先曾过了怎样的好生活呢。

唉唉，说起来令人悲哀呢，我虽不曾像你的山水文章那样故作夸饰——因为凡属这平原的子孙谁都得承认这些事实，而且任何人也乐意提起这些光荣——然而我却是对你说了一个大谎，因为这是一页历史，简直是一个故事，这故事是永远写在平原之子的记忆里的。

我离开那平原已经有好多岁月了，我绕着那块平原转了好些圈子。时间使我这游人变老，我却相信那块平原还该是依然当初。那里仍是那么坦坦荡荡，然而也仍是那么平平无奇，依然是村落，树木，五谷，菜畦，古道行人，鞍马驰驱。你也许会问我：祖先的工程就没有一点影子，远古的山水就没有一点痕迹吗？当然有的，不然这山水的故事又怎能传到现在，又怎能使后人相信呢。这使我忆起我的孩提之时，我跟随着老祖父到我们的村西——这村子就是这平原上第一个村子，我那老祖父像在梦里似的，指点着深深埋在土里而只露出了顶尖的一块黑色岩石，说道："这就是老祖宗的山头。"又走到村南村北，见两块稍稍低下的地方，就指点给我说道："这就是老祖宗的海子。"村庄东面自然也有一条比较低下的去处，当然那就是祖宗的河流。我在那块平原上生长起来，在那里过了我的幼年时代，我凭了那一块石头和几处低地，梦想着远方的高山，长水，与大海。

山中的历日

/

郑振铎

“山中无历日”，这是一句古话，然而我在山中却把历日记得很清楚。我向来不记日记，但在山上却有一本日记，每日都有二三行的东西写在上面。自七月二十三日，第一日在山上醒来时起，直到了最后的一日早晨，即八月二十一日，下山时止，无一日不记。恰恰的在山上三十日，不多也不少，预定的要做的工作，在这三十日之内，也差不多都已做完。

当我离开上海时，一个朋友问我：“什么时候可以回来？”

“一个月。”我答道。真的，不多也不少，恰是一个月。有一天，一个朋友写信来问我道：“你一天的生活如何呢？我们只见你一天一卷的原稿寄到上海来，没有一个人不惊诧而且佩服的。上海是那样的热呀，我们一行字也不能写呢。”

我正要把我的山上生活告诉他们呢。

在我的二十几年的生活中，没有像如今的守着有规则的生活，也没有像如今的那么努力的工作着的。

第一晚，当我到了山时，已经不早了，滴翠轩一点灯火也没有。我向心南先生道：“怎么黑漆漆的不点灯？”

“在山上，我们已成了习惯，天色一亮就起来，天色一黑就去睡，我起初也不惯，现在却惯了。到了那时，自然而然的会起来，自然而然的会去睡。今夜，因为同家母谈话，睡得迟些，不然，这时早已入梦了。家中人，除了我们二人外，他们都早已熟睡了。”心南先生说。

我有些惊诧，却不大相信。更不相信在上海起迟眠迟的我，会服从了这个山中的习惯。

然而到了第二天绝早，心南先生却照常的起身。我这一夜是和他暂时一房同睡的，也不由得不起来，不由得的不跟了他一同起身。“还早呢，还只有六点钟。”我看了表说。

“已经是太晚了。”他说，果然，廊前太阳光已经照得满墙满地了。

这是第一次，我倚了绿色的栏杆——后来改漆为红色的，却更有些诗意了——去看山景。没有奇石，也没有悬岩，全山都是碧绿色的竹林和红瓦黑瓦的洋房子。山形是太平衍了。然而向东望去，却可看见山下的原野。一座一座的小山，都在我们的足下，一畦一畦的绿田，也都在我们的足下。几缕的炊烟，由田间升起，在空中袅袅的飘着，我们知道那里是有几家农户了，虽然看不见他们。空中是停着几片的浮云。太阳照在上面，那云影倒映在山峰间，明显的可以看见。

“也还不坏呢，这山的景色。”我说。

“在起了云时，漫山的都是云，有的在楼前，有的在足下，有时浑不见对面的东西，有时，诸山只露出峰尖，如在海中的孤岛，这简直可称为云海，那才有趣呢。我到了山时，只见了两次这样的奇景。”心南先生说。

这一天真是忙碌，下山到了铁路饭店，去接梦旦先生他们上山来。下午，又东跑跑，西跑跑。太阳把山径晒得滚热的，它又张了大眼向下望着，头上是好像一把火的伞。只好在邻近竹径中走走就回来了。

在山上，雨是不预约就要落下来的，看它天气还好好的，一瞬间，却已乌云蔽了楼檐，沙沙的一阵大雨来了。不久，眼望着这块大乌云向东驶去。东边的山与田野却现出阴郁的样子，这里却又是太阳光满满的照着了。

“伞在山上倒是必要的；晴天可以挡太阳，下雨的时候可以挡雨。”我说。

这一阵雨过去后，天气是凉爽得多了，我便又独自由竹林间的一条小山径，寻路到瀑布去。山径还不湿滑，因为一则沿路都是枯落的竹叶躺着，二则泥土太干，雨又下得不久。山径不算不峻峭，却异常的好走。足踏在干竹叶上，柔柔的如履铺了棉花的地板，手攀着密集的竹竿，一竿一竿的递扶着，如扶着栏杆，任怎么峻峭的路，都不会有倾跌的危险。

莫干山有两个瀑布，一个是在这边山下，一个是碧坞。碧坞太远了，听说路也很险。走过去，要经过一条只有一尺多阔的栈道，一面是绝壁，一面是十余丈深的山溪，轿子是不能走过的，只好把轿子中途弃了，两个轿夫牵着游客的双手，一前一后的把他送过去。去年，有几个朋友到那里去游，却只有几个最勇敢的这样的走了过去，还有几个却终于与轿子一同停留在栈道的这边，不敢过去了。这边的山下瀑布，路途却较为好走，又没有碧坞那么远，所以我便渴于要先去看看——虽然他们都要休息一下，不大高兴走。

瀑布的气势是那么样的伟大，瀑布的景色是那么样的壮美

瀑布的气势是那么样的伟大，瀑布的景色是那么样的壮美；那么多的清泉，由高山石上，倾倒而下，水声如雷似的，水珠溅得远远的，只要闭眼一想象，便知它是如何的可迷人呀！我少时曾和数十个同学们一同旅行到南雁荡山。那边的瀑布真不少，也真不小。老远的老远的，便看见一道道的白练布由山顶挂了下来。却总是没有走到。经过了柔湿的田道，经过了繁盛的村庄，爬上了几层的山，方才到了小龙湫。

那时是初春，还穿着棉衣。长途的跋涉，使我们都气喘汗流。但到了瀑布之下，立在一块远隔丈余的石上时，细细的水珠却溅得你满脸满身都是，阴凉的，阴凉的，立刻使你一点的热感都没有了；虽穿了棉衣，还觉得冷呢。面前是万斛的清泉，不休的只向下倾注，那景色是无比的美好，那清而宏大的水声，也是无比的美好。这使我到如今还记念着，这使我格外的喜爱瀑布与有瀑布的山。十余年来，总在北京与上海两处徘徊着，不仅没有见什么大瀑布，便连山的影子也不大看得见。这一次之到莫干山，小半的原因，因为那山那有瀑布。

山径不大好走，时而石级，时而泥径，有时，且要在荒草中去寻路。亏得一路上溪声潺潺的。沿了这溪走，我想总不会走得错的。后来，终于是走到了。但那水声并不大，立近了，那水珠也不会飞溅到脸上身上来。高虽有二丈多高，阔却只有两个人身的阔。那么样委靡的瀑布，真使我有些失望。然而这总算是瀑布，万山静悄悄的，连鸟声也没有，只有几张照相的色纸，落在地上，表示曾有人来过。在这瀑布下流连了一会，脱了衣服，洗了一个身，濯了一会足，便仍旧穿便衣，与它告别了。却并不怎么样的惜别。

刚从林径中上来，便看见他们正在门口，打算到外面走走。

“你去不去？”擘黄问我。

“到哪里去？”我问道。

“随便走走。”

我还有余力，便跟了他们同去。经过了游泳池，个个人喧笑的在那里泅水，大都是碧眼黄发的人，他们是最会享用这种公共场所的。池旁，列了许多座位，预备给看的人坐，看的人真也不少。沿着这条山径，到了新会堂，图书馆和幼稚园都在那里。一大群的人正从那里散出，也大都是碧眼黄发的人。沿着山边的一条路走去，便是球场了。球场的规模并不小，难得在山边会辟出这么大的一个地方。场边有许多石级凸出，预备给人坐，那边贴了不少布告，有一张说："如果山岩崩坏了，发生了什么意外之事，避暑会是不负责的。"我们看那山边，围了不少层的围墙。很坚固，很坚固，哪里会有什么崩坏的事。然而他们却要预防着。在快活的打着球的，也都是碧眼黄发的人。

梦旦先生他们坐在亭上看打球，我们却上了山脊。在这山脊上缓缓的走着，太阳已将西沉，把那无力的金光亲切的抚摩我们的脸。并不大的凉风，吹拂在我们的身上，有种说不出的舒适之感。我们在那里，望见了塔山。

心南先生说："那是塔山，有一个亭子的，算是莫干山最高的山了。"望过去很远，很远。

晚上，风很大。半夜醒来，只听见廊外呼呼的啸号着，仿佛整座楼房连基底都要为它所摇撼。

山中的风常是这样的。

这是在山中的第一天。第二天也没有做事。到了第三天，却清早的起来，六点钟时，便动手做工。八时吃早餐，看报，看来信，邮差正在那时来。九时再做，直到了十二时。下午，又开始写东西，直到了四时。那时，却要出门到山上走走了。却只在近处，并不到远处去。天未黑便吃了饭。随意闲谈着。到了八时，却各自进了房。有时还看看书，有时却即去睡了。一个月来，几乎天天是如此。

下午四时后，如不出去游山，便是最好的看书时间了。

山中的历日便是如此，我从来没有过着这样的有规则的生活过！

抬头见喜

/

老舍

对于时节，我向来不特别的注意。拿清明说吧，上坟烧纸不必非我去不可，又搭着不常住在家乡，所以每逢看见柳枝发青便晓得快到了清明，或者是已经过去。对重阳也是这样，生平没在九月九登过高，于是重阳和清明一样的没有多大作用。

端阳，中秋，新年，三个大节可不能这么马虎过去。即使我故意躲着它们，账条是不会忘记了我的。也奇怪，一个无名之辈，到了三节会有许多人惦记着，不但来信，送账条，而且要找上门来！

设若故意躲着借款，着急，设计自杀等等，而专讲三节的热闹有趣那一面儿，我似乎是最喜爱中秋。“似乎”，因为我实在不敢说准了。幼年时，中秋是个很可喜的节，要不然我怎么还记得清清楚楚那些“兔儿爷”的样子呢？有“兔儿爷”玩，这个节必是过得十二分有劲。可是从另一方面说，至少有三次喝醉是在中秋；酒入愁肠呀！所以说“似乎”最喜爱中秋。

事真凑巧，这三次“非杨贵妃式”的醉酒我还都记得很清楚。那么，就说上一说呀。第一次是在北平，我正住在翊教寺一家公寓里。

好友卢嵩庵从柳泉居运来一坛子“竹叶青”，又约来两位朋友——内中有一位是不会喝的——大家就抄起茶碗来。坛子虽大，架不住茶碗一个劲进攻；月亮还没上来，坛子已空。干什么去呢？打牌玩吧。各拿出铜元百枚，约合大洋七角多，因这是古时候的事了。第一把牌将立起来，不晓得——至今还不晓得——我怎么上了床。牌必是没打成，因为我一睁眼已经红日东升了。

第二次是在天津，和朱荫棠在同福楼吃饭，各饮绿茵陈二两。吃完饭，到一家茶肆去品茗。我朝窗坐着，看见了一轮明月，我就吐了。这回决不是酒的作用，毛病是在月亮。

第三次是在伦敦。那里的秋月是什么样子，我说不上来——也许根本没有月亮其物。中国工人俱乐部里有多人凑热闹，我和沈刚伯也去喝酒。我们俩喝了两瓶葡萄酒。酒是用葡萄还是葡萄叶儿酿的，不可得而知，反正价钱很便宜；我们俩自古至今总没作过财主。喝完，各自回寓所。一上公众汽车，我的脚忽然长了眼睛，专找别人的脚尖去踩。这回可不是月亮的毛病。

对于中秋，大致如此——无论如何也不能说它坏。就此打住。

至若端阳，似乎可有可无。粽子，不爱吃。城隍爷现在也不出巡；即使再出巡，大概也没有跟随着走几里路的兴趣。樱桃真是好东西，可惜被黑白桑葚给带累坏了。

新年最热闹，也最没劲，我对它老是冷淡的。自从一记事儿起，家中就似乎很穷。爆竹总是听别人放，我们自己是静寂无哗。记得最真的是家中一张《王羲之换鹅》图。每逢除夕，母亲必把

新年最热闹，也最没劲，我对它老是冷淡的

它从个神秘的地方找出来，挂在堂屋里。姑母就给说那个故事；到如今还不十分明白这故事到底有什么意思，只觉得“王羲之”三个字倒很响亮好听。后来入学，读了《兰亭序》，我告诉先生，王羲之是在我的家里。

长大了些，记得有一年的除夕，大概是光绪三十年前的一二年，母亲在院中接神，雪已下了一尺多厚。高香烧起，雪片由漆黑的空中落下，落到火光的圈里，非常的白，紧接着飞到火苗的附近，舞出些金光，即行消灭；先下来的灭了，上面又紧跟着下来许多，像一把“太平花”倒放。我还记着这个。我也的确感觉到，那年的神仙一定是真由天上回到世间。

中学的时期是最忧郁的，四五个新年中只记得一个，最凄凉的一个。那是头一次改用阳历，旧历的除夕必须回学校去，不准请假。姑母刚死两个多月，她和我们同住了三十年的样子。她有时候很厉害，但大体上说，她很爱我。哥哥当差，不能回来。家中只剩母亲一人。我在四点多钟回到家中，母亲并没有把“王羲之”找出来。吃过晚饭，我不能不告诉母亲了——我还得回校。她愣了半天，没说什么。我慢慢的走出去，她跟着走到街门。摸着袋中的几个铜子，我不知道走了多少时候，才走到学校。路上必是很热闹，可是我并没看见，我似乎失了感觉。到了学校，学监先生正在学监室门口站着。他先问我：“回来了？”我行了个礼。他点了点头，笑着叫了我一声：“你还回去吧。”这一笑，永远印在我心中。假如我将来死后能入天堂，我必把这一笑带给上帝去看。

我好像没走就又到了家，母亲正对着一枝红烛坐着呢。她的泪不轻易落，她又慈善又刚强。见我回来了，她脸上有了笑容，拿出一个细草纸包儿来：“给你买的杂拌儿，刚才一忙，也忘了给你。”母子好像有千言万语，只是没精神说。早早的就睡了。母亲也没精神。

中学毕业以后，新年，除了为还债着急，似乎已和我不发生关系。我在哪里，除夕便由我照管着哪里。别人都回家去过年，我老是早早关上门，在床上听着爆竹响。平日我也好吃个嘴儿，到了新年反倒想不起弄点什么吃，连酒也不喝。在爆竹稍静了些的时节，我老看见些过去的苦境。可是我既不落泪，也不狂歌，我只静静的躺着。躺着躺着，多咱烛光在壁上幻出一个“抬头见喜”，那就快睡去了。

观火

/

梁遇春

独自坐在火炉旁边，静静地凝视面前瞬息万变的火焰，细听炉里呼呼的声音，心中是不专注在任何事物上面的，只是痴痴地望着炉火，说是怀一种惘伥的情绪，固然可以，说是感到了所有的希望全已幻灭，因而反现出恬然自安的心境，亦无不可。但是既未曾达到身如槁木，心如死灰的地步，免不了有许多零碎的思想来往心中，那些又都是和“火”有关的，所以把它们集在“观火”这个题目底下。

火的确是最可爱的东西。它是单身汉的最好伴侣。寂寞的小房里面，什么东西都是这么寂静的，无生气的，现出呆板板的神气，惟一有活气的东西就是这个无聊赖地走来走去的自己。虽然是个甘于寂寞的人，可是也总觉得有点儿怪难过。这时若使有一炉活火，壁炉也好，站着有如庙里菩萨的铁炉也好，红泥小火炉也好，你就会感到宇宙并不是那么荒凉了。火焰的万千形态正好和你心中古怪的想象携手同舞，倘然你心中是枯干到生不出什么黄金幻梦，那么体态轻盈的火焰可以给你许多暗示，使你自然而然地想入非非。她好像但丁《神曲》里的引路神，拉着你的手，带你去进荒诞的国土。人们只怕不会做梦，光剩下一颗枯焦的心儿，一片片逐渐剥落。倘然还具有梦想的能力，不管做的是狰狞凶狠的噩梦，还是融融春光的甜梦，那么这些梦好比会化雨的云儿，迟早总能滋润你的心田。看书会使你做起梦来，听你的密友细诉衷曲也会使你做梦，晨曦，雨声，月光，舞影，鸟鸣，波纹，桨声，山色，暮霭……都能勾起你的轻梦，但是我觉得火是最易点着轻梦的东西。我只要一走到火旁，立刻感到现实世界的重压一一消失，自己浸在梦的空气之中了。有许多回我拿着一本心爱的书到火旁慢读，不一会儿，把书搁在一边，却不转睛地尽望着火。**那时我觉得心爱的书还不如火这么可喜。它是一部活书**。对着它真好像看着一位大作家一字字地写下他的杰作，我们站在一旁跟着读去。火是一部无始无终，百读不厌的书，你那回看到两个形状相同的火焰呢？拜伦说："看到海而不发出赞美词的人必定是个傻子。"我是个沧海曾经的人，对于海却总是漠然地，这或者是因为我会晕船的缘故罢！我总不愿自认为傻子。但是我每回看到火，心中常想唱出赞美歌来。若使我们真有个来生，那么我只愿下世能够做一个波斯人，他们是真真的智者，他们晓得拜火。

记得希腊有一位哲学家——大概是 Zeno[①] 罢——跳到火山的口里去，这种死法真是痛快。在希腊神话里，火神（Hephaestus or

① Zeno：芝诺（约前 490—约前 425），古希腊哲学家。——编者注

那时我觉得心爱的书还不如火这么可喜。它是一部活书

Vulcan）是个跛子，他又是一个大艺术家。天上的宫殿同盔甲都是他一手包办的。当我靠在炉旁时候，我常常期望有一个黑脸的跛子从烟里冲出，而且我相信这位艺术家是没有留了长头发同打一个大领结的。

在《现代丛书》（*Modern Library*）的广告里，我常碰到一个很奇妙的书名，那是唐南遮[1]（D'annunzio）的长篇小说《生命的火焰》（*The Flame of Life*）。唐南遮的著作我一字都未曾读过，这本书也是从来没有看过的，可是我极喜欢这个书名，《生命的

① 唐南遮：邓南遮（1863—1938），意大利作家。——编者注

火焰》这个名字是多么含有诗意，真是简洁地说出人生的真相。生命的确是像一朵火焰，来去无踪，无时不是动着，忽然扬焰高飞，忽然销沉将熄，最后烟消火灭，留下一点残灰，这一朵火焰就再也燃不起来了。我们的生活也该像火焰这样无拘无束，顺着自己的意志狂奔，才会有生气，有趣味。我们的精神真该如火焰一般地飘忽莫定，只受里面的热力的指挥，冲倒习俗，成见，道德种种的藩篱，一直恣意干去，任情飞舞，才会迸出火花，幻出五色的美焰。否则阴沉沉地，若存若亡地草草一世，也辜负了创世主叫我们投生的一番好意了。我们生活内一切值得宝贵的东西又都可以用火来打比。热情如沸的恋爱，创造艺术的灵悟，虔诚的信仰，求知的欲望，都可以拿火来做象征。Heraclitus[①] 真是绝等聪明的哲学家，他主张火是宇宙万物之源。难怪得二千多年后的柏格森诸人对着他仍然是推崇备至。火是这么可以做人生的象征的，所以许多民间的传说都把人的灵魂当作一团火。爱尔兰人相信一个妇人若使梦见一点火花落在她口里或者怀中，那么她一定会怀孕，因为这是小孩的灵魂。希腊神话里，Prometheus[②] 做好了人后，亲身到天上去偷些火下来，也是这种的意思。有些诗人心中有满腔的热情，灵魂之火太大了，到把他自己燃烧成灰烬，短命的济慈就是一个好例子。可惜我们心里的火都太小了，有时甚至于使我

① Heraclitus：赫拉克利特（前 540—前 480），古希腊哲学家。——编者注

② Prometheus：普罗米修斯。——编者注

们心灵感到寒战，怎么好呢？

我家乡有一句土谚："火烧屋好看，难为东家。"火烧屋的确是天下一个奇观。无数的火舌越梁穿瓦，沿窗冲天地飞翔，弄得满天通红了，仿佛地球被掷到熔炉里去了，所以没有人看了心中不会起种奇特的感觉。据说尼罗王因为要看大火，故意把一个大城全烧了，他可说是知道享福的人，比我们那班做酒池肉林的暴君高明得多。我每次听到美国那里的大森林着火了，燃烧得一两个月，我就怨自己命坏，没有在哥伦比亚大学当学生。不然一定要告个病假，去观光一下。

许多人没有烟瘾，抽了烟也不觉得什么特别的舒服，却很喜欢抽烟，违了父母兄弟的劝告，常常抽烟，就是身上只剩一角小洋了，还要拿去买一盒烟抽，他们大概也是因为爱同火接近的缘故吧！最少，我自己是这样的。所以我爱抽烟斗，因为一斗的火是比纸烟头一点儿的火有味得多。有时没有钱买烟，那么拿一匣的洋火，一根根擦燃，也很可以解这火瘾。

离开北方已经快两年了，在南边虽然冬天里也生起火来，但是不像北方那样一冬没有熄过地烧着，所以我现在同火也没有像在北方时那么亲热了。回想到从前在北平时一块儿烤火的几位朋友，不免引起惆怅的心情，这篇文字就算做寄给他们的一封信吧！

肆 有一种兴味是千载一遇

我没有享受过这样的乐趣。然而回想起来，似乎他那时是非常的高兴，他是陶醉着，为快乐的雾所围着，似乎他的沉重的忧郁都从心上移开了，这里便是他的全个世界，而全个世界也便是他的。

——郑振铎

泡茶馆

/
汪曾祺

“泡茶馆”是联大学生特有的语言。本地原来似无此说法，本地人只说“坐茶馆”。“泡”是北京话。其含义很难准确地解释清楚。勉强解释，只能说是持续长久地沉浸其中，像泡泡菜似的泡在里面。“泡蘑菇”“穷泡”，都有长久的意思。北京的学生把北京的“泡”字带到了昆明，和现实生活结合起来，便创造出一个新的语词。“泡茶馆”，即长时间地在茶馆里坐着。本地的“坐茶馆”也含有时间较长的意思。到茶馆里去，首先是坐，其次才是喝茶（云南叫吃茶）。不过联大的学生在茶馆里坐的时间往往比本地人长，长得多，故谓之“泡”。

有一个姓陆的同学，是一怪人，曾经骑自行车旅行半个中国。这人真是一个泡茶馆的冠军。他有一个时期，整天在一家熟识的茶馆里泡着。他的盥洗用具就放在这家茶馆里。一起来就到茶馆里去洗脸刷牙，然后坐下来，泡一碗茶，吃两个烧饼，看书。一直到中午，起身出去吃午饭。吃了饭，又是一碗茶，直到吃晚饭。晚饭后，又是一碗，直到街上灯火阑珊，才夹着一本很厚的书回宿舍睡觉。

昆明的茶馆共分几类，我不知道。大别起来，只能分为两类，一类是大茶馆，一类是小茶馆。

正义路原先有一家很大的茶馆，楼上楼下，有几十张桌子。都是荸荠紫漆的八仙桌，很鲜亮。因为在热闹地区，坐客常满，人声嘈杂。所有的柱子上都贴着一张很醒目的字条："莫谈国事"。时常进来一个看相的术士，一手捧一个六寸来高的硬纸片，上书该术士的大名（只能叫做"大名"，因为往往不带姓，不能叫"姓名"；又不能叫"法名""艺名"，因为他并未出家，也不唱戏），一只手捏着一根纸媒子，在茶桌间绕来绕去，嘴里念说着"送看手相不要钱！""送看手相不要钱！"——他手里这根纸媒子即是看手相时用来指示手纹的。

这种大茶馆有时唱围鼓。围鼓即由演员或票友清唱。我很喜欢"围鼓"这个词。唱围鼓的演员、票友好像是不取报酬的。只是一群有同好的闲人聚拢来唱着玩。但茶馆却可借来招揽顾客，所以茶馆里便于闹市张贴告条："某月日围鼓"。到这样的茶馆里来一边听围鼓，一边吃茶，也就叫做"吃围鼓茶"。"围鼓"这个词大概是从四川来的，但昆明的围鼓似多唱滇剧。我在昆明七年，对滇剧始终没有入门。只记得不知什么戏里有一句唱词"孤王头上长青苔"。孤王的头上如何会长青苔呢？这个设想实在是奇绝，因此一听就永不能忘。

我要说的不是那种"大茶馆"。这类大茶馆我很少涉足，而且有些大茶馆，包括正义路那家兴隆鼎盛的大茶馆，后来大都陆续停闭了。我所说的是联大附近的茶馆。

从西南联大新校舍出来，有两条街，凤翥街和文林街，都不长。这两条街上至少有不下十家茶馆。从联大新校舍，往东，折向南，进一座砖砌的小牌楼式的街门，便是凤翥街。街夹右手第一家便是一家茶馆。这是一家小茶馆，只有三张茶桌，而且大小不等、形状不一的茶具也是比较粗糙的，随意画了几笔蓝花的盖碗。除了卖茶，檐下挂着大串大串的草鞋和地瓜（即湖南人所谓的凉薯），这也是卖的。张罗茶座的是一个女人。这女人长得很强壮，皮色也颇白净。她生了好些孩子。身边常有两个孩子围着她转，手里还抱着一个。她经常敞着怀，一边奶着那个早该断奶的孩子，一边为客人冲茶。她的丈夫，比她大得多，状如猿猴，而目光锐利如鹰。他什么事情也不管，但是每天下午却捧了一个大碗喝牛奶。这个男人是一头种畜。这情况使我们颇为不解。这个白皙强壮的妇人，只凭一天卖几碗茶，卖一点草鞋、地瓜，怎么能喂饱了这么多张嘴，还能供应一个懒惰的丈夫每天喝牛奶呢？怪事！中国的妇女似乎有一种天授的惊人的耐力，多大的负担也压不垮。

由这家往前走几步，斜对面，曾经开过一家专门招徕大学生的新式茶馆。这家茶馆的桌椅都是新打的，涂了黑漆。堂倌系着白围裙。卖茶用细白瓷壶，不用盖碗（昆明茶馆卖茶一般都用盖碗）。除了清茶，还卖沱茶、香片、龙井。本地茶客从门外过，伸头看看这茶馆的局面，再看看里面坐得满满的大学生，就会挪步另走一家了。这家茶馆没有什么值得一记的事，而且开了不久就关了。

联大学生至今还记得这家茶馆是因为隔壁有一家卖花生米的。这家似乎没有男人，站柜卖货是姑嫂二人，都还年轻，成天涂脂抹粉。尤其是那个小姑子，见人走过，辄作媚笑。联大学生叫她花生西施。这西施卖花生米是看人行事的。好看的来买，就给得多。难看的给得少。因此我们每次买花生米都推选一个挺拔英俊的“小生”去。

再往前几步，路东，是一个绍兴人开的茶馆。这位绍兴老板不知怎么会跑到昆明来，又不知为什么在这条小小的凤翥街上来开一爿茶馆。他至今乡音未改。大概他有一种独在异乡为异客的情绪，所以对待从外地来的联大学生异常亲热。他这茶馆里除了卖清茶，还卖一点芙蓉糕、萨其马、月饼、桃酥，都装在一个玻璃匣子里。我们有时觉得肚子里有点缺空而又不到吃饭的时候，便到他这里一边喝茶一边吃两块点心。有一个善于吹口琴的姓王的同学经常在绍兴人茶馆喝茶。他喝茶，可以欠账。不但喝茶可以欠账，我们有时想看电影而没有钱，就由这位口琴专家出面向绍兴老板借一点。绍兴老板每次都是欣然地打开钱柜，拿出我们需要的数目。我们于是欢欣鼓舞，兴高采烈，迈开大步，直奔南屏电影院。

再往前，走过十来家店铺，便是凤翥街口，路东路西各有一家茶馆。

路东一家较小，很干净，茶桌不多。掌柜的是个瘦瘦的男人，有几个孩子。掌柜的事情多，为客人冲茶续水，大都由一个十三四岁的大儿子担任，我们称他这个儿子为“主任儿子”。街西那家又脏又乱，地面坑洼不平，一地的烟头、火柴棍、瓜子皮。

茶桌也是七大八小，摇摇晃晃，但是生意却特别好。从早到晚，人坐得满满的。也许是因为风水好。这家茶馆正在凤翥街和龙翔街交接处，门面一边对着凤翥街，一边对着龙翔街，坐在茶馆两条街上的热闹都看得见。到这家吃茶的全都是本地人，本街的闲人、赶马的“马锅头”、卖柴的、卖菜的。他们都抽叶子烟。要了茶以后，便从怀里掏出一个烟盒——圆形，皮制的，外面涂着一层黑漆，打开来，揭开覆盖着的菜叶，拿出剪好的金堂叶子，一枝一枝地卷起来。茶馆的墙壁上张贴、涂抹得乱七八糟。但我却于西墙上发现了一首诗，一首真正的诗：

记得旧时好，
跟随爹爹去吃茶。
门前磨螺壳，
巷口弄泥沙。

是用墨笔题写在墙上的。这使我大为惊异了。这是什么人写的呢？

每天下午，有一个盲人到这家茶馆来卖唱。他打着扬琴，说唱着。照现在的说法，这应是一种曲艺，但这种曲艺该叫什么名称，我一直没有打听着。我问过“主任儿子”，他说是“唱扬琴的”，我想不是，他唱的是什么？我有一次特意站下来听了一会，是：

……

良田美地卖了，

高楼大厦拆了，

娇妻美妾跑了，

狐皮袍子当了

……

我想了想，哦，这是一首劝戒鸦片的歌，他这唱的是鸦片烟之为害。这是什么时候传下来的呢？说不定是林则徐时代某一忧国之士的作品。但是这个盲人只管唱他的，茶客们似乎都没有在听，他们仍然在说话，各人想自己的心事。到了天黑，这个盲人背着扬琴，点着马竿，踽踽地走回家去。我常常想：他今天能吃饱么？

进大西门，是文林街，挨着城门口就是一家茶馆。这是一家最无趣味的茶馆。茶馆墙上的镜框里装的是美国电影明星的照片，蓓蒂·黛维丝、奥丽薇·德·哈茀兰、克拉克·盖博、泰伦宝华……除了卖茶，还卖咖啡、可可。这家的特点是：进进出出的除了穿西服和麂皮夹克的比较有钱的男同学外，还有把头发卷成一根一根香肠似的女同学。有时到了星期六，还开舞会。茶馆的门关了，从里面传出《蓝色的多瑙河》和《风流寡妇》舞曲，里面正在“嘣嚓嚓”。

和这家斜对着的一家，跟这家截然不同。这家茶馆除卖茶，还卖煎血肠。这种血肠是牦牛肠子灌的，煎起来一街都闻见一种极其强烈的气味，说不清是异香还是奇臭。这种西藏食品，那些把头发卷成香肠一样的女同学是绝对不敢问津的。

由这两家茶馆，往东，不远几步，面南，便可折向钱局街。街上有一家老式的茶馆，楼上楼下，茶座不少。说这家茶馆是“老式”的，是因为茶馆备有烟筒，可以租用。一段青竹，旁安一个粗如小指半尺长的竹管，一头装一个带爪的莲蓬嘴，这便是“烟筒”。在莲蓬嘴里装了烟丝，点以纸媒，把整个嘴埋在筒口内，尽力猛吸，筒内的水咚咚作响，浓烟便直灌肺腑，顿时觉得浑身通泰。吸烟筒要有点功夫，不会吸的吸不出烟来。茶馆的烟筒比家用的粗得多，高齐桌面，吸完就靠在桌腿边，吸时尤需底气充足。这家茶馆门前，有一个小摊，卖酸角（不知什么树上结的，形状有点像皂荚，极酸，入口使人攒眉）、拐枣（也是树上结的，应该算是果子，状如鸡爪，一疙瘩一疙瘩的，有的地方即叫做鸡脚爪，味道很怪，像红糖，又有点像甘草）和泡梨（糖梨泡在盐水里，梨味本是酸甜的，昆明人却偏于盐水内泡而食之。泡梨仍有梨香，而梨肉极脆嫩）。过了春节则有人于门前卖葛根。葛根是药，我过去只在中药铺见过，切成四方的棋子块儿，是已经经过加工的了。原物是什么样子，我是在昆明才见到的。这种东西可以当零食来吃，我也是在昆明才知道。一截根，粗如手臂，横放在一块板上，外包一块湿布。给很少的钱，卖葛根的便操起有点像北京切涮羊肉的肉片用的那种薄刃长刀，切下薄薄的几片给你。雪白的。嚼起来有点像干瓢的生白薯片，而有极重的药味。据说葛根能清火。联大的同学大概很少人吃过葛根。我是什么奇奇怪怪的东西都要买一点尝一尝的。

大学二年级那一年，我和两个外文系的同学经常一早就坐到这家茶馆靠窗的一张桌边，各自看自己的书，有时整整坐一上午，彼此不交语。我这时才开始写作，我的最初几篇小说，即是在这家茶馆里写的。**茶馆离翠湖很近，从翠湖吹来的风里，时时带有水浮莲的气味**。

回到文林街。文林街中，正对府甬道，后来新开了一家茶馆。这家茶馆的特点一是卖茶用玻璃杯，不用盖碗，也不用壶。不卖清茶，卖绿茶和红茶。红茶色如玫瑰，绿茶苦如猪胆。第二是茶桌较少，且覆有玻璃桌面。在这样桌子上打桥牌实在是再适合不过了，因此到这家茶馆来喝茶的，大都是来打桥牌的，这茶馆实在是一个桥牌俱乐部。联大打桥牌之风很盛。有一个姓马的同学每天到这里打桥牌。解放后，我才知道他是老地下党员，昆明学生运动的领导人之一。学生运动搞得那样热火朝天，他每天都只是很闲在，很热衷地在打桥牌，谁也看不出他和学生运动有什么关系。

文林街的东头，有一家茶馆，是一个广东人开的，字号就叫“广发茶社”——昆明的茶馆我记得字号的只有这一家，原因之一，是我后来住在民强巷，离广发很近，经常到这家去。原因之二是——经常聚在这家茶馆里的，有几个助教、研究生和高年级的学生。这些人多多少少有一点玩世不恭。那时联大同学常组织什么学会，我们对这些俨乎其然的学会微存嘲讽之意。有一天，广发的茶友

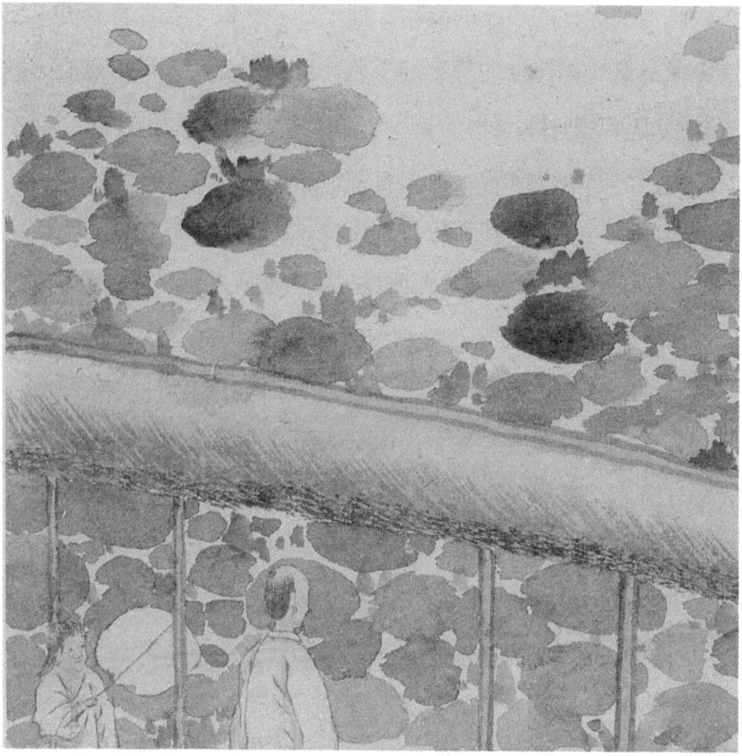

茶馆离翠湖很近，从翠湖吹来的风里，时时带有水浮莲的气味

之一说："咱们这也是一个学会——广发学会！"这本是一句茶余的笑话。不料广发的茶友之一，解放后，在一次运动中被整得不可开交，胡乱交待问题，说他曾参加过"广发学会"。这就惹下了麻烦。几次有人，专程到北京来外调"广发学会"问题。被调查的人心里想笑，又笑不出来，因为来外调的政工人员态度非常严肃。广发茶馆代卖广东点心。所谓广东点心，其实只是包了

不同味道的甜馅的小小的酥饼，面上却一律贴了几片香菜叶子，这大概是这一家饼师的特有的手艺。我在别处吃过广东点心，就没有见过面上贴有香菜叶子的——至少不是每一块都贴。

或问：泡茶馆对联大学生有些什么影响？答曰：第一，可以养其浩然之气。联大的学生自然也是贤愚不等，但多数是比较正派的。那是一个污浊而混乱的时代，学生生活又穷困得近乎潦倒，但是很多人却能自许清高，鄙视庸俗，并能保持绿意葱茏的幽默感，用来对付恶浊和穷困，并不颓丧灰心，这跟泡茶馆是有些关系的。第二，茶馆出人才。联大学生上茶馆，并不是穷泡，除了瞎聊，大部分时间都是用来读书的。联大图书馆座位不多，宿舍里没有桌凳，看书多半在茶馆里。联大同学上茶馆很少不夹着一本乃至几本书的。不少人的论文、读书报告，都是在茶馆写的。有一年一位姓石的讲师的“哲学概论”期终考试，我就是把考卷拿到茶馆里去答好了再交上去的。联大八年，出了很多人才。研究联大校史，搞“人才学”，不能不了解了解联大附近的茶馆。第三，泡茶馆可以接触社会。我对各种各样的人、各种各样的生活都发生兴趣，都想了解了解，跟泡茶馆有一定关系。如果我现在还算一个写小说的人，那么我这个小说家是在昆明的茶馆里泡出来的。

沙坪的酒

/
丰子恺

胜利快来到了。逃难的辛劳渐渐忘却了。我辞去教职，恢复了战前的闲居生活。住在重庆郊外的沙坪坝庙湾特五号自造的抗建式小屋中的数年间，晚酌是每日的一件乐事，是白天笔耕的一种慰劳。

我不喜吃白酒，味近白酒的白兰地，我也不要吃。巴拿马赛会得奖的贵州茅台酒，我也不要吃。总之，凡白酒之类的，含有多量酒精的酒，我都不要吃。所以我逃难中住在广西贵州的几年，差不多戒酒。因为广西的山花，贵州的茅台，均含有多量酒精，无论本地人说得怎样好，我都不要吃。

自从由贵州茅台酒的产地遵义迁居到重庆沙坪坝，我开始恢复晚酌，酌的是“渝酒”，即重庆人仿造的黄酒。

富有风趣的一位朋友讥笑我说：“你不吃白酒，而爱吃黄酒，我知道你的意思了：吃白酒是不出钱的，揩别人的油。你不用人间造孽钱，笔耕墨稼，自食其力，所以讨厌白酒两字。黄酒是你们故乡的特产，你身窜异地，心念故乡，所以爱吃黄酒。对不对？”我说：“其然，岂其然欤？”这朋友的话颇有诗意，然而并没有猜中我不爱白酒爱黄酒的原因。揩别人的油，原是我所不欲的；然而吃酒揩油，我觉得比其他的揩油好些。古人诗云："三杯不记主人谁。"吃酒是兴味的，是无条件的，是艺术的。既然共饮，就不必斤斤计较酒的所有权；吝情去留，反而煞风景，反而有伤生活的诗趣。我倒并不绝对不吃"白酒"（不出钱的酒）。至于为了怀乡而吃黄酒，也大可不必。我住在大后方各省各地的时候，天天嘴上所说的是家乡土白。若要怀乡，这已尽够，不必再用吃黄酒来表示了。

我所以不喜白酒而喜黄酒，原因很简单：就为了白酒容易醉，而黄酒不易醉。"吃酒图醉，放债图利"，这种功利的吃酒，实在不合于吃酒的本旨。吃饭，吃药，是功利的。吃饭求饱，吃药求愈，是对的。但吃酒这件事，性状就完全不同。吃酒是为兴味，为享乐，不是求其速醉。譬如二三人情投意合，促膝谈心，倘添上各人一杯黄酒在手，话兴一定更浓。吃到三杯，心窗洞开，真情挚语，娓娓而来。古人所谓"酒三昧"，即在于此。但决不可吃醉，醉了，胡言乱道，诽谤唾骂，甚至呕吐，打架。那真是不会吃酒，违背吃酒的本旨了。所以吃酒决不是图醉。所以容易醉人的酒决不是好酒。巴拿马赛会的评判员倘换了我，一定把一等奖给绍兴黄酒。

沙坪的酒，当然远不及杭州上海的绍兴酒。然而"使人醺醺而不醉"，这重要条件是具足了的。人家都讲究好酒，我却不大关心。有的朋友把从上海坐飞机来的真正"陈绍"送我。其酒固然比沙坪的酒气味清香些，上口舒适些；但其效果也不过是"醺醺而不醉”。在抗战期间，请绍酒坐飞机，与请洋狗坐飞机有相似的意义。这意义所给人的不快，早已抵消了其气味的清香与上口的舒适了。我与其吃这种绍酒，宁愿吃沙坪的渝酒。

“醉翁之意不在酒”，这真是善于吃酒的人说的至理名言。我抗战期间在沙坪小屋中的晚酌，正是“意不在酒”。我借饮酒作为一天的慰劳，又作为家庭聚会的助兴品。在我看来，晚餐是一天的大团圆。我的工作完毕了；读书的、办公的孩子们都回来了；

“醉翁之意不在酒”，这真是善于吃酒的人说的至理名言

家离市远，访客不再光临了；下文是休息和睡眠，时间尽可从容了。若是这大团圆的晚餐只有饭菜而没有酒，则不能延长时间，匆匆地把肚皮吃饱就散场，未免太功利的，太少兴趣。况且我的吃饭，从小养成一种快速习惯，要慢也慢不来。有的朋友吃一餐饭能消磨一两小时，我不相信他们如何吃法。在我，吃一餐饭至多只花十分钟。这是我小时从李叔同先生学钢琴时养成的习惯。那时我在师范学校读书，只有吃午饭后到一点钟上课的时间，和吃夜饭后到七点钟上自修的时间，是教弹琴的时间。我十二点吃午饭，十二点一刻须得到弹琴室；六点钟吃夜饭，六点一刻须得到弹琴室。吃饭，洗碗，洗面，都要在十五分钟内了结。这样的数年，使我养成了快吃的习惯。后来虽无快吃的必要，但我仍是非快不可。这就好比反刍类的牛，野生时代因为怕狮虎侵害而匆匆地把草吞入胃内，急忙回到洞内，再吐出来细细地咀嚼，养成了反刍的习惯；做了家畜以后，虽无快吃的必要，但它仍是要反刍。如果有人劝我慢慢吃，在我是一件苦事。因为慢吃违背了惯性，很不自然，很不舒服。一天的大团圆的晚餐，倘使我以十分钟了事，岂不太草草了？所以我的晚酌，意不在酒，是要借饮酒来延长晚餐的时间，增加晚餐的兴味。

沙坪的晚酌，回想起来颇有兴味。那时我的儿女五人，正在大学或专科或高中求学，晚上回家，报告学校的事情，讨论学业的问题。

他们的身体在我的晚酌中渐渐地高大起来。我在晚酌中看他们升级，看他们毕业，看他们任职，就差一个没有看他们结婚。在晚酌中看成群的儿女长大成人，照一般的人生观说来是“福气”，照我的人生观说来只是“兴味”。这好比饮酒赏春，眼看花草树木，欣欣向荣；自然的美，造物的用意，神的恩宠，我在晚酌中历历地感到了。陶渊明诗云：“试酌百情远，重觞忽忘天。”我在晚酌三杯以后，便能体会这两句诗的真味。我曾改古人诗云：“满眼儿孙身外事，闲将美酒对银灯。”因为沙坪小屋的电灯特别明亮。

还有一种兴味，却是千载一遇的：我在沙坪小屋的晚酌中，眼看抗战局势的好转。我们白天各自看报，晚餐桌上大家报告讨论。我在晚酌中眼看东京的大轰炸，莫索里尼的被杀，德国的败亡，独山的收复，直到波士坦宣言的发出，八月十日夜日本的无条件投降[①]。我的酒味越吃越美。我的酒量越吃越大，从每晚八两增加到一斤。大家说我们的胜利是有史以来的一大奇迹。我更觉得奇怪。我的胜利的欢喜，是在沙坪小屋晚上吃酒吃出来的！所以我确认，世间的美酒，无过于沙坪坝的四川人仿造的渝酒。我有生以来，从未吃过那样的美酒。即如现在，我已“胜利复员，荣归故乡”；故乡的真正陈绍，比沙坪坝的渝酒好到不可比拟。我也照旧每天晚酌；然而味道远不及沙坪坝的渝酒。因为晚酌的下酒物，不是物价狂涨，便是盗贼蜂起；不是贪污舞弊，便是横暴压迫！沙坪

① 莫索里尼现统译为墨索里尼；波士坦宣言即《波茨坦宣言》；日本天皇正式宣布无条件投降在 8 月 15 日。——编者注

小屋中的晚酌的那种兴味，现在了不可得了！唉，我很想回重庆去，再到沙坪小屋里去吃那种美酒。

上海的茶楼

/

郁达夫

茶，当然是中国的产品，《尔雅》释槚为苦茶，早采为茶，晚采为茗。《茶经》分门别类，一曰茶，二曰槚，三曰蔎，四曰茗，五曰荈。神农食经，说茗茶宜久服，令人有功悦志。华伦食论，也说苦茶久食，益意思。因此中国人，差不多人人爱吃茶，天天要吃茶；柴米油盐酱醋茶，至将茶列入了开门七件事之一，为每人每日所不能缺的东西。

外国人的茶，最初当然也系由中国输入的奢侈品，所谓梯、泰（Tea、The）等音，说不定还是闽粤一带土人呼茶的字眼，日记大家 Pepys[①] 头一次吃到茶的时候，还娓娓说到它的滋味性质，大书特书，记在他的那部可宝贵的日记里。外国人尚且推崇得如此，也难怪在出产地的中国，遍地都是卢仝、陆羽的信徒了。

茶店的始祖，不知是哪个人；但古时集社，想来总也少不了茶

① Pepys：塞缪尔·佩皮斯（Samuel Pepys，1633—1703），英国作家和政治家。1660 年至 1669 年，他以日记的形式完整记录了自己生活和工作中的见闻琐事。——编者注

茗的供设；风传到了晋代，嗜茶者愈多，该是茶楼酒馆的极盛之期。以后一直下来，大约世界越乱，国民经济越不充裕的时候，茶馆店的生意也一定越好。何以见得？因为价廉物美，只消有几个钱，就可以在茶楼住半日，见到许多友人，发些牢骚，谈些闲天的缘故。

上面所说的，是关于茶及茶楼的一般的话；上海的茶楼，情形却有点儿不同，这原也像人口过多，五方杂处的大都会中常有的现象，不过在上海，这一种畸形的发达更要使人觉得奇怪而已。

上海的水陆码头，交通要道，以及人口密聚的地方的茶楼，顾客大抵是帮里的人。上茶馆里去解决的事情，第一是是非的公断，即所谓吃讲茶；第二是拐带的商量，女人的跟人逃走，大半

是借茶楼出发地的；第三，才是一般好事的人的去消磨时间。所以上海的茶楼，若没这一批人的支持，营业是维持不过去的；而全上海的茶楼总数之中，以专营业这一种营业的茶店居五分之四；其余的一分，**像城隍庙里的几家，像小菜场附近的有些，才是名副其实，供人以饮料的茶店**。

譬如有某先生的一批徒弟，在某处做了一宗生意，其后更有某先生的同辈的徒弟们出来干涉了，或想分一点肥，或是牺牲者请出来的调人，或者竟系在当场因两不接头而起冲突的诸事件发生之后，大家要开谈判了，就约定时间，约定伙伴，一家上茶馆里去。这时候，参集的人，自然是愈多愈好，文讲讲不下来，改

像城隍庙里的几家，像小菜场附近的有些，才是名副其实，供人以饮料的茶店

日也许再去武讲的；比他们长一辈的先生们，当然要等到最后不能解决的时候，才来上场。这些帮里的人，也有着便衣的巡捕，也有穿私服的暗探，上面没有公事下来，或牺牲者未进呈子之先，他们当然都是那一票生意经的股东。这是吃讲茶的一般情形，结果大抵由理屈者方面惠茶钞，也许更上饭馆子去吃一次饭都说不定。至于赎票、私奔，或拐带等事情的谈判，表面上的当事人人数自然还要减少；但周围上下，目光炯炯，侧耳探头，装作毫不相干的神气，或坐或立地埋伏在四面的人，为数却也绝不会少，不过紧急事情不发生，他们就可以不必出来罢了。从前的日升楼，现在的一乐天、全羽居、四海升平楼等大茶馆，家家虽则都有禁吃讲茶的牌子挂在那里，但实际上顾客要吃起讲茶来，你又哪里禁止得他们住。

除了这一批有正经任务的短帮茶客之外，日日于一定的时间来一定的地方做顾客的，才是真正的卢仝、陆羽们。他们大抵是既有闲而又有钱的上海中产的住民；吃过午饭，或者早晨一早，他们的两只脚，自然走熟的地方走。看报也在那里，吃点点心也在那里，与日日见面的几个熟人谈《推背图》的实现，说东洋人的打仗，报告邻居一家小户人家的公鸡的生蛋也就在那里。

物以类聚，地借人传，像在跑马厅的附近，城隍庙的境内的许多茶店，多半是或系弄古玩，或系养鸟儿，或者也有专喜欢听说书的专家茶客的集会之所。像湖心亭、春风得意楼等处，虽则并无专门的副作用留存着在，可是有时候，却也会集茶客的大成，坐得济济一堂，把各色有专门嗜好的茶人来尽吸在一处的。

至如有女招待的吃茶处，以及游戏场的露天茶棚之类，内容不同，顾客的性质与种类自然又各别了。

上海的茶店业，既然发达到了如此的极盛，自然，随茶店而起的副业，也要必然地滋生出来。第一，卖烧饼、油包，以及小吃品的摊贩，当然是等于眉毛之于眼睛一样，一定是家家茶店门口或近处都有的。第二，是卖假古董小玩意的商人了，你只要在热闹市场里的茶楼上坐他一两个钟头，像这一种小商人起码可以遇见到十人以上。第三，是算命、测字、看相的人。第四，这总算是最新的一种营养者，而数目却也最多，就是航空奖券的推销员。至如卖小报、拾香烟蒂头，以及糖果香烟的叫卖人等，都是这一游戏场中所共有的附属物，还算不得上海茶楼的一种特点。

还有茶楼的夜市，也是上海地方最著名的一种色彩。小时候在乡下，每听见去过上海的人，谈到四马路青莲阁四海升平楼的人肉市场，同在听天方夜谭一样，往往不能够相信。现在因国民经济破产，人口集中都市的结果，这一种肉阵的排列和拉撕的悲喜剧，都不必限于茶楼，也不必限于四马路一角才看得见了，所以不谈。

宴之趣

/

郑振铎

虽然是冬天，天气却并不怎么冷，雨点淅淅沥沥的滴个不已，灰色云是弥漫着；火炉的火是熄下了，在这样的秋天似的天气中，生了火炉未免是过于燠暖了。家里一个人也没有，他们都出外“应酬”去了。独自在这样的房里坐着，读书的兴趣也引不起，偶然的把早晨的日报翻着，翻着，看看它的广告，忽然想起去看 *Merry Widow*[1] 吧。于是独自的上了电车，到派克路跳下了。

在黑漆的影戏院中，乐队悠扬的奏着乐，白幕上的黑影，坐着，立着，追着，哭着，笑着，愁着，怒着，恋着，失望着，决斗着，那还不是那一套，他们写了又写，演了又演的那一套故事。

但至少，我是把一句话记住在心上了：“有多少次，我是饿着肚子从晚餐席上跑开了。”

这是一句隽妙无比的名句；借来形容我们宴会无虚日的交际社会，真是很确切的。

每一个商人，每一个官僚，每一个略略交际广了些的人，差

① *Merry Widow*：《风流寡妇》，法国歌剧。——编者注

不多他们的每一个黄昏，都是消磨在酒楼菜馆之中的。有的时候，一个黄昏要赶着去赴三四处的宴会。这些忙碌的交际者真是妓女一样，在这里坐一坐，就走开了，又赶到另一个地方去了，在那一个地方又只略坐一坐，又赶到再一个地方去了。他们的肚子定是不会饱的，我想。有几个这样的交际者，当酒阑灯池，应酬完毕之后，定是回到家中，叫底下人烧了稀饭来堆补空肠的。

我们在广漠繁华的上海，简直是一个村气十足的“乡下人”；我们住的是乡下，到“上海”去一趟是不容易的，我们过的是乡间的生活，一月中难得有几个黄昏是在“应酬”场中度过的。有许多人也许要说我们是“孤介”，那是很清高的一个名词。但我们实在不是如此，我们不过是不惯征逐于酒肉之场，始终保持着不大见世面的“乡下人”的色彩而已。

偶然的有几次，承一二个朋友的好意，邀请我们去赴宴。在座的至多只有三四个熟人，那一半生客，还要主人介绍或自己去请教尊姓大名，或交换名片，把应有的初见面的应酬的话讷讷的说完了之后，便默默的相对无言了。说的话都不是有着落，都不是从心里发出的；泛泛的，是几个音声，由喉咙头溜到口外的而已。过后自己想起那样的敷衍的对话，未免要为之失笑。如此的，说是一个黄昏在繁灯絮语之宴席上度过了，然而那是如何没有生趣的一个黄昏呀！

有几次，席上的生客太多了，除了主人之外，没有一个是认识的；请教了姓名之后，也随即忘记了。除了和主人说几句话之外，简直的无从和他们谈起。不晓得他们是什么行业，不晓得他们是什么性质的人，有话在口头也不敢随意的高谈起来。那一席宴，真是如坐针毡；精美的羹菜，一碗碗的捧上来，也不知是什么味儿。终于忍不住了，只好向主人撒一个谎，说身体不大好过，或说是还有应酬，一定要去的。——如果在谣言很多的这几天当然是更好托辞了，说我怕戒严提早，要被留在华界之外——虽然这是无礼貌的，不大应该的，虽然主人是照例的殷勤的留着，然而我却不顾一切的不得不走了。这个黄昏实在是太难挨得过去了！回到家里以后，买了一碗稀饭，即使只有一小盏萝卜干下稀饭，反而觉得舒畅，有意味。

如果有什么友人做喜事，或寿事，在某某花园，某某旅社的大厅里，大张旗鼓的宴客，不幸我们是被邀请了，更不幸我们是太熟的友人，不能不到，也不能道完了喜或拜完了寿，立刻就托辞溜走的，于是这又是一个可怕的黄昏。常常的张大了两眼，在寻找熟人，好容易找到了，一定要紧紧的和他们挤在一起，不敢失散。到了坐席时，便至少有两三人在一块儿可以谈谈了，不至于一个人独自的局促在一群生面孔的人当中，惶恐而且空虚。当我们两三个人在津津的谈着自己的事时，偶然抬起眼来看着对面的一个座客，他是凄然无侣的坐着；大家酒杯举了，他也举着；菜来了，一个人说“请，请”，同时把牙箸伸到盘边，他也说“请，请”，也同样的把牙箸伸出。除了吃菜之外，他没有目的，菜完了，他便局促的独坐着。我们见了他，总要代他难过，然而他终于能够终了席方才起身离座。

宴会之趣味如果仅是这样的，那么，我们将咒诅那第一个发明请客的人；喝酒的趣味如果仅是这样的，那么，我们也将打倒杜康与狄奥尼修士了。

然而又有的宴会却幸而并不是这样的；我们也还有别的可以引起喝酒的趣味的环境。

独酌。据说，那是很有意思的。我少时，常见祖父一个人执了一把锡的酒壶，把黄色的酒倒在白瓷小杯里，举了杯独酌着；喝了一小口，真正一小口，便放下了，又拿起筷子来夹菜。因此，他食得很慢，大家的饭碗和筷子都已放下了，且已离座了，而他却还在举着酒杯，不匆不忙的喝着。他的吃饭，尚在再一个半点钟之后呢。而他喝着酒，颜微酡着，常常叫道："孩子，来！"而我们便到了他的跟前，他夹了一块只有他独享着的菜蔬放在我们口中，问道："好吃么？"我们往往以点点头答之，在孙男与孙女中，他特别的喜欢我，叫我前去的时候尤多。常常的，他把有了短髯的嘴吻着我的面颊。微微有些刺痛，而他的酒气从他的口鼻中直喷出来。这是使我很难受的。

这样的，他消磨过了一个中午和一个黄昏。天天都是如此。我没有享受过这样的乐趣。然而回想起来，似乎他那时是非常的高兴，他是陶醉着，为快乐的雾所围着，似乎他的沉重的忧郁都从心上移开了，这里便是他的全个世界，而全个世界也便是他的。

别一个宴之趣，是我们近几年所常常领略到的，那就是集合

全座没有一个生面孔，在随意的喝着酒，吃着菜，上天下地的谈着

了好几个无所不谈的朋友，**全座没有一个生面孔，在随意的喝着酒，吃着菜，上天下地的谈着**。有时说着很轻妙的话，说着很可发笑的话，有时是如火如剑的激动的话，有时是深切的论学谈艺的话，有时是随意的取笑着，有时是面红耳热的争辩着，有时是高妙的理想在我们的谈锋上触着，有时是恋爱的遇合与家庭的与个人的身世使我们谈个不休。每个人都把他的心胸赤裸裸的袒开了，每个人都把他的向来不肯给人看的面孔显露出来了；每个人都谈着，谈着，谈着，只有更兴奋的谈着，毫不觉得“疲倦”是怎么一个样子。酒是喝得干了，菜是已经没有了，而他们却还是谈着，谈着，谈着。那个地方，即使是很喧闹的，很激狭的，向来所不愿意多坐的，而这时大家却都忘记了这些事，只是谈着，谈着，谈着，没有一

个人愿意先说起告别的话。要不是为了戒严或家庭的命令，竟不会有人想走开的。虽然这些闲谈都是琐屑之至的，都是无意味的，而我们却已在其间得到宴之趣了——其实在这些闲谈中，我们是时时可发现许多珠宝的；大家都互相的受着影响，大家都更进一步了解他的同伴，大家都可以从那里得到些教益与利益。

“再喝一杯，只要一杯，一杯。”

“不，不能喝了，实在的。”

不会喝酒的人每每这样的被强迫着而喝了过量的酒。面部红红的，映在灯光之下，是向来所未有的壮美的风采。

“圣陶，干一杯，干一杯！”我往往的举起杯来对着他说，我是很喜欢一口一杯的喝酒的。

“慢慢的，不要这样快，喝酒的趣味，在于一小口一小口的喝，不在于‘干杯’！”圣陶反抗似的说，然而终于他是一口干了。一杯又是一杯。

连不会喝酒的愈之、雁冰，有时，竟也被我们强迫的干了一杯。于是大家哄然的大笑，是发出于心之绝底的笑。

再有，佳年好节，合家团团的坐在一桌上，放了十几双的红漆筷子，连不在家中的人也都放着一双筷子，都排着一个座位。小孩子笑孜孜的闹着吵着，母亲和祖母温和的笑着，妻子忙碌着，指挥着厨房中厅堂中仆人们的做菜、端菜，那也是特有一种融融泄泄的乐趣，为孤独者所妒羡不止的，虽然并没有和同伴们同在时那样的宴之趣。

还有，一对恋人独自在酒店的密室中晚餐；还有，从戏院中偕了妻子出来，同登酒楼喝一二杯酒；还有，伴着祖母或母亲在熊熊的炉火旁边，放了几盏小菜，闲吃着宵夜的酒，那都是使身临其境的人心醉神情的。

宴之趣是如此的不同呀！

巴掌厚的腊肉和巴掌大的蚊子

/

郁达夫

什么地方先不管它。炉火烧得正旺，清香的青杠木不断往炉膛里扔，燎得满满一锅青杠菌不停在滚水里翻腾，泛出一股张扬的奶香。奶娃子闻见，叫了一声，当娘的就抱歉地对客人说，不好意思啊，您得等等。说着，毫不避嫌，一把掏出肥白的大奶子，恨不能喷泉似地塞到娃娃嘴里。当家的男人在屋外劈柴。斧子雪亮，映出坪上几户人家很健壮的灯火，还有周围那几片翠绿得很不计后果的松林。这空山剔透的灵气，便张牙舞爪扑来，让人躲都躲不开。

山很远，又很近。就是说，面前是，远方也是山。山叠着山，宽广，辽阔，路却很细，很隐秘，也不知道这家子人出不出得去这个地方。没关系，当家的放下斧子，披上一件辨不出颜色的衣服，踌躇满志地点上锅辛辣的叶子烟。这才看见，手很像四周那些在暮色中起伏的大山，都像，颜色，质地，筋络，还有形状。顺着两条古铜色的，强健的手臂，长出两座山，长在一个人身上，那是什么光景？

又黑又亮的山狗跑过来，眉宇之间真诚得好笑，跟外面的很是不同。当然，也许是猜测和主观。这似静非静的山间，什么都给净化了，都蒙上一层俯拾皆是的纯洁氛围。却愿意这样，愿意被它搞得莫名其妙，亦真亦幻，淡入也是那么顺畅，淡出也是那么意趣盎然。

进进出出间，火炉烧得更猛，青杠菌的异香扑鼻而来，让人熏然欲醉。米酒有点酸，还就得这么酸；饭很糙，还就得这么糙。不知名的人影在窗棂上，木屋顶棚上夸张地摆动，分不清谁是客人，谁又是主人。突然，一阵浓郁的肉香当头袭来，左看右看，不知道来源。当娘的妩媚一笑，烧得翻天掌的青杠菌旁边，一扇漆黑油亮的锅盖呼啦揭起来，大块大块红亮晶莹的转筋儿腊肉，厚实得就像当家的手掌，也就像山，像亲切的，闹热的山岭，马上就要起锅，盛满一个个粗瓷大土碗，端到浓烈的，别的记忆里。

洪椿坪绵雨淫淫，像同行两姐妹湿润的眼珠。猴子捣蛋得差不多，就不再没命地闹，而是找地方过年了。深秋了，都冷。**花花彩彩的树林酷似些精致的照片，活了一样，在前后上下的山峦窜来窜去**。峨嵋天下秀，这话实在准确。

玩了两三天了，姐累，妹也累，都想找地方休息。但风景实在美，奇，就有点收不住这双眼。蕨叶一铺开，就像一群四仰八叉的暗褐色小大人儿，又肥厚又甜美；随便钻出条蛇，吓一大跳，细看，却只是根大蚯蚓。听说这山以前与世隔绝，环境护着，所以保下许多东西。但这些也太怪了，姐姐对妹妹说。妹妹说，吓死我了耶。旁边男孩就笑：这么小的胆子，幸好有我。好，你行！妹妹就卸下旅行包，猛地压他肩上。男孩看姐姐，姐姐偷笑。男孩脸就红，没说什么，紧紧身手，快步朝前走。

前边有个旅店，看来干净。男孩冲进去，问：还有房间么？说有，男孩急急冲出，把姐妹迎进，却是只有一间小房，一张小床，支着个又黄又朽的破旧蚊帐。男孩为难，说：不方便吧？姐姐就飞快白他一眼：你老实点不就行了？

花花彩彩的树林酷似些精致的照片，活了一样，在前后上下的山峦窜来窜去

三个人讪讪地歇下来。好舒服啊！妹妹扑到床上，欢叫。姐姐坐她边上，男孩站着，一看，开水也没有，茶也没有，就去要。还是没有，只有吃饭才有这些。男孩回来，说：算了，去别的地方吧。

姐妹俩嚷嚷：我们都没说什么，你心怀鬼胎啊你？睡觉怎么办？男孩苦恼地说。有什么关系？挤一下就行，又不脱衣服，妹妹说。不脱衣服睡得不舒服，男孩说。你还真会享受，少爷，妹妹说：就这么追我姐姐？姐姐，我们不理他了！姐姐瞅男孩一眼，脸红了。妹妹一看，脸也红了。

吃饭，找水洗脸，洗脚。三个人突然话很少，像隔了层东西。灯光很暗。就开窗户，还好，月亮淡红淡红地升起来，总算有点看的了。三个人两个坐床，一个还是站着，愣愣地看，不说话。不能这样熬下去，男孩忧愁地想。突然响起来一阵习习索索的怪声。

你们在脱衣服？男孩唐突地问，问完就后悔。但是奇怪，姐妹俩都没吱声，而是四下里张望，很紧张，也不知道为什么。男孩也张望，只觉一些大蚊子飞来飞去，翅膀呼啦啦扇着，扇得灯光像蜡，摇摇晃晃起来。男孩看见俩姐妹慌张地支起蚊帐，往里面畏缩，就说：我打死它们。男孩找报纸，没有。正好，一个蚊子飞到他跟前。男孩一把抓住，还挣。男孩使劲一捏，不由叫了一下：皮肤像给什么尖锐的东西刺破了，生痛。

好大的一只蚊子。

我们计划分手时，季节很美好，跟事态鲜明地对比着。真要分了，当然，是姐妹中一个。我从城门洞那边去了北方，我去了就不想回来。她却定要留在家乡。另一个，是个好孩子，还想撮合，就哄我们，还想方设法把大家弄到山上。

没作用。她们回去了，结束了，但我的旅途并没完成。我从峨嵋出发，去黄龙，就是那个有更多山和腊肉的地方。两种心情都很浓，峨嵋，她们在身边，我神魂颠倒，不知所措；黄龙，没这些了，有什么空了，什么就试图填补，都是好东西，云山雾罩，一如很久以后，总有什么，不停地让我成长下去。

关于她，她们，不再说别的。一种东西一旦不能忘记，也就再不会被我提起。

伍 解看万物有花意

“飞花满地谁为扫？”你问，情绪风似地吹动，卷过，停留在惜花上面。再回头看看，花依旧嫣然不语。

——林徽因

葡萄月令

/

汪曾祺

一月，下大雪。

雪静静地下着。果园一片白。听不到一点声音。

葡萄睡在铺着白雪的窖里。

二月里刮春风。

立春后，要刮四十八天“摆条风”。风摆动树的枝条，树醒了，忙忙地把汁液送到全身。树枝软了。树绿了。

雪化了，土地是黑的。

黑色的土地里，长出了茵陈蒿。碧绿。

葡萄出窖。

把葡萄窖一锹一锹挖开。挖下的土，堆在四面。葡萄藤露出来了，乌黑的。有的梢头已经绽开了芽苞，吐出指甲大的苍白的小叶。它已经等不及了。

把葡萄藤拉出来，放在松松的湿土上。

不大一会，小叶就变了颜色，叶边发红；——又不大一会，绿了。

三月，葡萄上架。

先得备料。把立柱、横梁、小棍，槐木的、柳木的、杨木的、桦木的，按照树棵大小，分别堆放在旁边。立柱有汤碗口粗的、饭碗口粗的、茶杯口粗的。一棵大葡萄得用八根，十根，乃至十二根立柱。中等的，六根、四根。

先刨坑，竖柱。然后搭横梁，用粗铁丝摽紧。然后搭小棍，用细铁丝缚住。

然后，请葡萄上架。把在土里趴了一冬的老藤扛起来，得费一点劲。大的，得四五个人一起来。“起！——起！”哎，它起来了。把它放在葡萄架上，把枝条向三面伸开，像五个指头一样地伸开，扇面似的伸开。然后，用麻筋在小棍上固定住。葡萄藤舒舒展展，凉凉快快地在上面呆着。

上了架，就施肥。在葡萄根的后面，距主干一尺，挖一道半月形的沟，把大粪倒在里面。葡萄上大粪，不用稀释，就这样把原汁大粪倒下去。大棵的，得三四桶。小葡萄，一桶也就够了。

四月，浇水。

挖窖挖出的土，堆在四面，筑成垄，就成一个池子。池里放满了水。葡萄园里水气泱泱，沁人心肺。

葡萄喝起水来是惊人的。它真是在喝哎！葡萄藤的组织跟别的果树不一样，它里面是一根一根细小的导管。这一点，中国的古人早就发现了。《图经》云：“根苗中空相通。圃人将货之，欲得厚利，暮溉其根，而晨朝水浸子中矣，故俗呼其苗为木通。”“暮溉其根，而晨朝水浸子中矣”，是不对的。葡萄成熟了，就不能再浇水了。再浇，果粒就会涨破。“中空相通”却是很准确的。

浇了水，不大一会，它就从根直吸到梢，简直是小孩嘬奶似的拼命往上嘬。浇过了水，你再回来看看吧：梢头切断过的破口，就嗒嗒地往下滴水了。

是一种什么力量使葡萄拼命地往上吸水呢？

施了肥，浇了水，葡萄就使劲抽条、长叶子。真快！原来是几根根枯藤，几天工夫，就变成青枝绿叶的一大片。

五月，浇水、喷药、打梢、掐须。

葡萄一年不知道要喝多少水，别的果树都不这样。别的果树都是刨一个“树碗”，往里浇几担水就得了，没有像它这样的“漫灌”，整池子的喝。

喷波尔多液。从抽条长叶，一直到坐果成熟，不知道要喷多少次。喷了波尔多液，太阳一晒，葡萄叶子就都变成蓝的了。

葡萄抽条，丝毫不知节制，它简直是瞎长！几天工夫，就抽出好长的一节的新条。这样长法还行呀，还结不结果呀？因此，过几天就得给它打一次条。葡萄打条，也用不着什么技巧，是个人就能干，拿起树剪，劈劈啪啪，把新抽出来的一截都给它铰了就得了。一铰，一地的长着新叶的条。

葡萄的卷须，在它还是野生的时候是有用的，好攀附在别的什么树木上。现在，已经有人给它好好地固定在架上了，就一点用也没有了。卷须这东西最耗养分——凡是作物，都是优先把养分输送到顶端，因此，长出来就给它掐了，长出来就给它掐了。

葡萄的卷须有一点淡淡的甜味。这东西如果腌成咸菜，大概不难吃。

五月中下旬，果树开花了。果园，美极了。梨树开花了，苹果树开花了，葡萄也开花了。

都说梨花像雪，其实苹果花才像雪。雪是厚重的，不是透明的。梨花像什么呢？——梨花的瓣子是月亮做的。

有人说葡萄不开花，哪能呢，只是葡萄花很小，颜色淡黄微绿，不钻进葡萄架是看不出的。而且它开花期很短。很快，就结出了绿豆大的葡萄粒。

六月，浇水、喷药、打条、掐须。

葡萄粒长了一点了，一颗一颗，像绿玻璃料做的纽子。硬的。

葡萄不招虫。葡萄会生病，所以要经常喷波尔多液。但是它不像桃，桃有桃食心虫；梨，梨有梨食心虫。葡萄不用疏虫果。——果园每年疏虫果是要费很多工的。虫果没有用，黑黑的一个半干的球，可是它耗养分呀！所以，要把它“疏”掉。

七月，葡萄“膨大”了。

掐须、打条、喷药，大大地浇一次水。

追一次肥。追硫铵。在原来施粪肥的沟里撒上硫铵。然后，就把沟填平了，把硫铵封在里面。

汉朝是不会追这次肥的，汉朝没有硫铵。

八月，葡萄“着色”。

你别以为我这里是把画家的术语借用来了。不是的。这是果农的语言，他们就叫“着色”。

下过大雨，你来看看葡萄园吧，那叫好看

下过大雨，你来看看葡萄园吧，那叫好看！白的像白玛瑙，红的像红宝石，紫的像紫水晶，黑的像黑玉。一串一串，饱满、瓷实、挺括，璀璨琳琅。你就把《说文解字》里的玉字偏旁的字都搬了来吧，那也不够用呀！

可是你得快来！明天，对不起，你全看不到了。我们要喷波尔多液了。一喷波尔多液，它们的晶莹鲜艳全都没有了，它们蒙上一层蓝纷纷、白糊糊的东西，成了磨砂玻璃。我们不得不这样干。葡萄是吃的，不是看的。我们得保护它。

过不两天，就下葡萄了。

一串一串剪下来，把病果、瘪果去掉，妥妥地放在果筐里。果筐满了，盖上盖，要一个棒小伙子跳上去蹦两下用麻筋缝的筐盖。——新下的果子，不怕压，它很结实，压不坏。倒怕是装不紧，咣里咣当的。那，来回一晃悠，全得烂！

葡萄装上车，走了。

去吧，葡萄，让人们吃去吧！

九月的果园像一个生过孩子的少妇，宁静、幸福，而慵懒。

我们还给葡萄喷一次波尔多液。哦，下了果子，就不管了？人，总不能这样无情无义吧。

十月，我们有别的农活。我们要去割稻子。葡萄，你愿意怎么长，就怎么长着吧。

十一月。葡萄下架。

把葡萄架拆下来。检查一下，还能再用的，搁在一边。糟朽了的，只好烧火。立柱、横梁、小棍，分别堆垛起来。

剪葡萄条。干脆得很，除了老条，一概剪光。葡萄又成了一个大秃子。

剪下的葡萄条，挑有三个芽眼的，剪成二尺多长的一截，捆起来，放在屋里，准备明春插条。

其余的，连枝带叶，都用竹笤帚扫成一堆，装走了。

葡萄园光秃秃。

十一月下旬，十二月上旬，葡萄入窖。

这是个重活。把老本放倒，挖土把它埋起来。要埋得很厚实。外面要用铁锹拍平。这个活不能马虎。都要经过验收，才给记工。

葡萄窖，一个一个长方形的土墩墩。一行一行，整整齐齐地排列着。风一吹，土色发了白。

这真是一年的冬景了。热热闹闹的果园，现在什么颜色都没有了。眼界空阔，一览无余，只剩下发白的黄土。

下雪了。我们踏着碎玻璃碴似的雪，检查葡萄窖，扛着铁锹。

一到冬天，要检查几次。不是怕别的，怕老鼠打了洞。葡萄窖里很暖和，老鼠爱往这里面钻。它倒是暖和了，咱们的葡萄可就受了冷啦！

蛛丝和梅花

/

林徽因

真真地就是那么两根蛛丝，由门框边轻轻地牵到一枝梅花上。就是那么两根细丝，迎着太阳光发亮……再多了，那还像样么？一个摩登家庭如何能容蛛网在光天白日里作怪，管它有多美丽，多玄妙，多细致，够你对着它联想到一切自然，造物的神工和不可思议处；这两根丝本来就该使人脸红，且在冬天够多特别！可是亮亮的，细细的，倒有点像银，也有点像玻璃制的细丝，委实不算讨厌，尤其是它们那么满脱风雅，偏偏那样有意无意地斜着搭在梅花的枝梢上。

你向着那丝看，冬天的太阳照满了屋内，窗明几净，每朵含苞的，开透的，半开的梅花在那里挺秀吐香，情绪不禁迷茫缥缈地充溢心胸，在那刹那的时间中振荡。同蛛丝一样的细弱，和不必需，思想开始抛引出去：由过去牵到将来，意识的，非意识的，由门框梅花牵出宇宙，浮云沧波踪迹不定。是人性，艺本，还是哲学，你也无暇计较，你不能制止你情绪的充溢，思想的驰骋，蛛丝梅花竟然是瞬息可以千里！

好比你是蜘蛛，你的周围也有你自织的蛛网，细致地牵引着天地，不怕多少次风雨来吹断它，你不会停止了这生命上基本的活动。此刻……“一枝斜好，幽香不知甚处”……

拿梅花来说吧，一串串丹红的结蕊缀在秀劲的傲骨上，最可爱，最可赏，等半绽将开地错落在老枝上时，你便会心跳！梅花最怕开；开了便没话说。索性残了，沁香拂散同夜里炉火都能成了一种温存的凄清。

记起了，也就是说到梅花，玉兰。初是有个朋友说起初恋时玉兰刚开完，天气每天的暖，住在湖旁，每夜跑到湖边林子里走路，又静坐幽僻石上看隔岸灯火，感到好像仅有如此虔诚地孤对一片泓碧寒星远市，才能把心里情绪抓紧了，放在最可靠最纯净的一撮思想里，始不至亵渎了或是惊着那“寤寐思服”的人儿。那是极年轻的男子初恋的情景，——对象渺茫高远，反而近求“自我的”郁结深浅——他问起少女的情绪。

就在这里，忽记起梅花。**一枝两枝，老枝细枝，横着，虬着，描着影子，喷着细香**；太阳淡淡金色地铺在地板上；四壁琳琅，书架上的书和书签都像在发出言语；墙上小对联记不得是谁的集句；中条是东坡的诗。你敛住气，简直不敢喘息，踮起脚，细小的身形嵌在书房中间，看残照当窗，花影摇曳，你像失落了什么，有点迷惘。又像“怪东风着意相寻”，有点儿没主意！浪漫，极端的浪漫。“飞花满地谁为扫？”你问，情绪风似地吹动，卷过，停留在惜花上面。再回头看看，花依旧嫣然不语。“如此娉婷，谁人解看花意”，你更沉默，几乎热情地感到花的寂寞，开始怜花，

一枝两枝，老枝细枝，横着，虬着，描着影子，喷着细香

把同情统统诗意地交给了花心！

这不是初恋，是未恋，正自觉“解看花意”的时代。情绪的不同，不止是男子和女子有分别，东方和西方也甚有差异。情绪即使根本相同，情绪的象征，情绪所寄托，所栖止的事物却常常不同。水和星子同西方情绪的联系，早就成了习惯。一颗星子在蓝天里闪，一流冷涧倾泄一片幽愁的平静，便激起他们诗情的波涌，心里甜蜜地，热情地便唱着由那些鹅羽的笔锋散下来的“她的眼如同星子在暮天里闪”，或是“明丽如同单独的那颗星，照着晚来的天”，

或“多少次了，在一流碧水旁边，忧愁倚下她低垂的脸”。

惜花，解花太东方，亲昵自然，含着人性的细致是东方传统的情绪。

此外年龄还有尺寸，一样是愁，却跃跃似喜，十六岁时的，微风零乱，不颓废，不空虚，踮着理想的脚充满希望，东方和西方却一样。人老了脉脉烟雨，愁吟或牢骚多折损诗的活泼。大家如香山、稼轩、东坡、放翁的白发华发，很少不梗在诗里，至少是令人不快。话说远了，刚说是惜花，东方老少都免不了这嗜好，这倒不论老的雪鬓曳杖，深闺里也就攒眉千度。

最叫人惜的花是海棠一类的“春红”，那样娇嫩明艳，开过了残红满地，太招惹同情和伤感。但在西方即使也有我们同样的花，也还缺乏我们的廊庑庭院。有了“庭院深深深几许”才有一种庭院里特有的情绪。如果李易安的“斜风细雨”底下不是“重门须闭”也就不“萧条”得那样深沉可爱；李后主的“终日谁来”也一样的别有寂寞滋味。看花更须庭院，深深锁在里面认识，不时还得有轩窗栏杆，给你一点凭藉，虽然也用不着十二栏杆倚遍，那么慵弱无聊。

当然旧诗里伤愁太多；一首诗竟像一张美的证券，可以照着市价去兑现！所以庭花、乱红、黄昏、寂寞太滥，诗常失却诚实。西洋诗，恋爱总站在前头，或是“忘掉”，或是“记起”，月是为爱，花也是为爱，只使全是真情，也未尝不太腻味。就以两边好的来讲。拿他们的月光同我们的月色比，似乎是月色滋味深长得多。花更不用说了；我们的花“不是预备采下缀成花球，或花冠献给恋人的”，却是一树一树绰约的，个性的，自己立在情人的地位上接受恋歌的。

所以未恋时的对象最自然的是花，不是因为花而起的感慨，——十六岁时无所谓感慨，——仅是刚说过的自觉解花的情绪，寄托在那清丽无语的上边，你心折它绝韵孤高，你为花动了感情，实说你同花恋爱，也未尝不可，——那惊讶狂喜也不减于初恋。还有那凝望，那沉思……

一根蛛丝！记忆也同一根蛛丝，搭在梅花上就由梅花枝上牵引出去，虽未织成密网，这诗意的前后，也就是相隔十几年的情绪的联络。

午后的阳光仍然斜照，庭院阒然，离离疏影，房里窗棂和梅花依然伴和成为图案，两根蛛丝在冬天还可以算为奇迹，你望着它看，真有点像银，也有点像玻璃，偏偏那么斜挂在梅花的枝梢上。

荔枝蜜

/

杨朔

花鸟草虫，凡是上得画的，那原物往往也叫人喜爱。蜜蜂是画家的爱物，我却总不大喜欢。说起来可笑。孩子时候，有一回上树掐海棠花，不想叫蜜蜂螫了一下，痛得我差点儿跌下来。大人告诉我说：蜜蜂轻易不螫人，准是误以为你要伤害它，才螫。一螫，它自己耗尽生命，也活不久了。我听了，觉得那蜜蜂可怜，原谅它了。可是从此以后，每逢看见蜜蜂，感情上疙疙瘩瘩的，总不怎么舒服。

今年四月，我到广东从化温泉小住了几天。四围是山，怀里抱着一潭春水，那又浓又翠的景色，简直是一幅青绿山水画。刚去的当晚，是个阴天，偶尔倚着楼窗一望：奇怪啊，怎么楼前凭空涌起那么多黑黝黝的小山，一重一重的，起伏不断。记得楼前是一片比较平坦的园林，不是山。这到底是什么幻景呢？赶到天明一看，忍不住笑了。原来是满野的荔枝树，一棵连一棵，每棵的叶子都密得不透缝，黑夜看去，可不就像小山似的。

荔枝也许是世上最鲜最美的水果。苏东坡写过这样的诗句：“日啖荔枝三百颗，不辞长作岭南人”，可见荔枝的妙处。偏偏我来的不是时候，满树刚开着浅黄色的小花，并不出众。新发的嫩叶，颜色淡红，比花倒还中看些。从开花到果子成熟，大约得三个月，看来我是等不及在从化温泉吃鲜荔枝了。

吃鲜荔枝蜜，倒是时候。有人也许没听说这稀罕物儿吧？从化的荔枝树多得像汪洋大海，开花时节，满野嘤嘤嗡嗡，忙得那蜜蜂忘记早晚，有时趁着月色还采花酿蜜。荔枝蜜的特点是成色纯，养分大。住在温泉的人多半喜欢吃这种蜜，滋养精神。热心肠的同志为我也弄到两瓶。一开瓶子塞儿，就是那么一股甜香；调上半杯一喝，甜香里带着股清气，很有点鲜荔枝味儿。**喝着这样的好蜜，你会觉得生活都是甜的呢**。

喝着这样的好蜜，你会觉得生活都是甜的呢

我不觉动了情，想去看看自己一向不大喜欢的蜜蜂。

荔枝林深处，隐隐露出一角白屋，那是温泉公社的养蜂场，却起了个有趣的名儿，叫“蜜蜂大厦”。正当十分春色，花开得正闹。一走进“大厦”，只见成群结队的蜜蜂出出进进，飞去飞来，那沸沸扬扬的情景，会使你想：说不定蜜蜂也在赶着建设什么新生活呢。

养蜂员老梁领我走进“大厦”。叫他老梁，其实是个青年人，举动很精细。大概是老梁想叫我深入一下蜜蜂的生活，小小心心揭开一个木头蜂箱，箱里隔着一排板，每块板上满是蜜蜂，蠕蠕地爬着。蜂王是黑褐色的，身量特别细长，每只蜜蜂都愿意用采来的花精供养它。

老梁叹息似的轻轻说：“你瞧这群小东西，多听话。”

我就问道：“像这样一窝蜂，一年能割多少蜜？”

老梁说：“能割几十斤。蜜蜂这物件，最爱劳动。广东天气好，花又多，蜜蜂一年四季都不闲着。酿得蜜多，自己吃得可有限。每回割蜜，给它们留一点点糖，够它们吃的就行了。它们从来不争，也不计较什么，还是继续劳动、继续酿蜜，整日整月不辞辛苦……”

我又问道：“这样好蜜，不怕什么东西来糟害么？”

老梁说：“怎么不怕？你得提防虫子爬进来，还得提防大黄蜂。大黄蜂这贼最恶，常常落在蜜蜂窝洞口。专干坏事。”

我不觉笑道：“噢！自然界也有侵略者。该怎么对付大黄蜂呢？”

老梁说：“赶！赶不走就打死它。要让它待在那儿，会咬死蜜蜂的。”

我想起一个问题，就问：“可是呢，一只蜜蜂能活多久？”

老梁回答说：“蜂王可以活三年，一只工蜂最多能活六个月。”

我说："原来寿命这样短。你不是总得往蜂房外边打扫死蜜蜂么？"

老梁摇一摇头说："从来不用。蜜蜂是很懂事的，活到限数，自己就悄悄死在外边，再也不回来了。"

我的心不禁一颤：多可爱的小生灵啊，对人无所求，给人的却是极好的东西。蜜蜂是在酿蜜，又是在酿造生活；不是为自己，而是在为人类酿造最甜的生活。蜜蜂是渺小的；蜜蜂却又多么高尚啊！

透过荔枝树林，我沉吟地望着远远的田野，那儿正有农民立在水田里，辛辛勤勤地分秧插秧。他们正用劳力建设自己的生活，实际也是在酿蜜——为自己，为别人，也为后世子孙酿造着生活的蜜。

这黑夜，我做了个奇怪的梦，梦见自己变成一只小蜜蜂。

猫

/
夏丏尊

白马湖新居落成，把家眷迁回故乡的后数日，妹就携了四岁的外甥女，由二十里外的夫家雇船来访。自从母亲死后，兄弟们各依了职业迁居外方，故居初则赁与别家，继则因兄弟间种种关系，不得不把先人有过辛苦历史的高大屋宇，售让给附近的暴发户，于是兄弟们回故乡的机会就少，而妹也已有六七年无归宁的处所了。这次相见，彼此既快乐又酸辛，小孩之中，竟有未曾见过姑母的。外甥女也当然不认得舅妗和表姊，虽经大人指导勉强称呼，总都是呆呆地相觑着。

新居在一个学校附近，背山临水，地位清静，只不过平屋四间。论其构造，连老屋的厨房还比不上，妹却极口表示满意："虽比不上老屋，总究是自己的房子，我家在本地已有许多年没有房子了！自从老屋卖去以后，我多少被人瞧不起！每次乘船行过老屋的面前，真是……"

妻见妹说时眼圈有点红了，就忙用话岔开："妹妹你看，我老了许多了罢？你却总是这样后生。"

"三姊倒不老！——人总是要老的，大家小孩都已这样大了，他们大起来，就是我们在老起来。我们已六七年不见了呢。”

“快弄饭去罢！”我听了他们的对话，恐再牵入悲境，故意打断话头，使妻走开。

妹自幼从我学会了酒，能略饮几杯。兄妹且饮且谈，嫂也在旁羼着。话题由此及彼，一直谈到饭后，还连续不断。每到妹和妻要谈到家事或婆媳小姑关系上去，我总立即设法打断，因为我是深知道妹在夫家的境遇的，很不愿在难得晤面的当初，就引起悲怀。

忽然，天花板上起了嘈杂的鼠声。

“新造的房子，老鼠就这样多了吗？”妹惊讶了问。

“大概是近山的缘故罢。据说房子未造好就有了老鼠的。晚上更厉害，今夜你听，好像在打仗哩，你们那里怎样？”妻说。

“还好，我家有猫。——快要产小猫了，将来可捉一只来。”

“猫也大有好坏，坏的猫老鼠不捕，反要偷食，到处撒屎，还是不养好。”我正在寻觅轻松的话题，就顺了势讲到猫上去。

“猫也和人一样，有种子好不好的，我那里的猫，是好种，不偷食，每朝把屎撒在盛灰的畚斗里。——你记得从前老四房里有一只好猫罢。我们那只猫，就是从老四房讨去的小猫。近来听说老四房里已断了种了，——每年生一胎，附近养蚕的人家都来千求万恳地讨，据说讨去都不淘气的。现在又快要生小猫了。”

老四房里的那只猫向来有名。最初的老猫，是曾祖在时，就有了的。不知是那里得来的种子，白地，小黄黑花斑，毛色很嫩，望去像上等的狐皮“金银嵌”。**善捉鼠，性质却柔驯得了不得，**当我小的时候，常去抱来玩弄，听它念肚里佛，挖看它的眼睛，不啻是一个小伴侣。后来我由外面回家，每走到老四房去，有时还看见这小伴侣——的子孙。曾也想讨一只小猫到家里去养，终难得逢到恰好有小猫的机会，自迁居他乡，十年来久不忆及了。不料现在种子未绝，妹家现在所养的，不知已是最初老猫的几世孙了。家道中落以来，田产室庐大半荡尽，而曾祖时代的猫，尚间接地在妹家留着种子，这真是一种不可思议的缘，值得叫人无限感兴的了。

善捉鼠，性质却柔驯得了不得

“哦！就是那只猫的种子！好的，将来就给我们一只。那只猫的种子是近地有名的。花纹还没有变吗？”

“你欢喜那一种？——大约一胎多则三只，少则两只，其中大概有一只是金银嵌的，有一二只是白中带黑斑的，每年都是如此。”

“那自然要金银嵌的啰。”我脑中不禁浮出孩时小伴侣的印象来。更联想到那如云的往事，为之茫然。

妻和妹之间，猫的谈话，仍被继续着，儿女中大些的张了眼听，最小的阿满，摇着妻的膝问“小猫几时会来？”我也靠在藤椅子上吸着烟默然听她们。

“小猫的时候，要教会它才好。如果撒屎在地板上了，就捉到撒屎的地方，当着它的屎打，到碗中偷食吃的时候，就把碗摆在它的前面打，这样打了几次，它就不敢乱撒屎多偷食了。”

妹的猫教育论，引得大家都笑了。

次晨，妹说即须回去，约定过几天再来久留几日，临走的时候还说：“昨晚上老鼠真吵得厉害，下次来时，替你们把猫捉来罢。”

妹去后，全家多了一个猫的话题。最性急的自然是小孩，他们常问“姑妈几时来？”其实都是为猫而问，我虽每回答他们“自然会来的，性急什么？”而心里也对于那与我家一系有二十多年历史的猫，怀着迫切的期待，巴不得妹——猫快来。

妹的第二次来，在一个月以后，带来的只是赠送小孩的果物和若干种的花草苗种，并没有猫。说前几天才出生，要一月后方可离母，此次生了三只，一只是金银嵌的，其余两只，是黑白花和狸斑花的，讨的人家很多，已替我们把金银嵌的留定了。

猫的被送来，已是妹第二次回去后半月光景的事，那时已过端午，我从学校回去，一进门，妻就和我说："妹妹今天差人把猫送来了，她有一封信在这里。说从回去以后就有些不适。大约是寒热，不要紧的。"

我从妻手里接了信草草一看，同时就向室中四望：

"猫呢？"

"她们在弄它。阿吉、阿满，你们把猫抱来给爸爸看！"

立刻，柔弱的"尼亚尼亚"声从房中听得阿满抱出猫来："会念佛的，一到就蹲在床下，妈说它是新娘子呢。"

我在女儿手中把小猫熟视着说："还小呢，别去捉它，放在地上，过几天会熟的。当心碰见狗！"

阿满将猫放下。猫把背一耸就踉跄地向房里遁去。接着就从房内发出柔弱的"尼亚尼亚"的叫声。

"去看看它躲在什么地方。"阿吉和阿满蹑了脚进房去。

"不要去捉它啊！"妻从后叮嘱她们。

猫确是金银嵌，虽然产毛未褪，黄白还未十分夺目，尽足依约地唤起从前老四房里小伴侣的印象。"尼亚尼亚"的叫声，和"咪咪"的呼唤声，在一家中起了新气氛，在我心中却成了一个联想过去的媒介，想到儿时的趣味，想到家况未中落时的光景。

与猫同来的，总以为不成问题的妹的病消息，一二日后竟由沉重而至于危笃，终于因恶性疟疾引起了流产，遗下未足月的女孩而弃去这世界了。

一家人参与丧事完毕从丧家回来，一进门就听到“尼亚尼亚”的猫声。

“这猫真不利，它是首先来报妹妹的死信的！”妻见了猫叹息着说。

猫正在檐前伸了小足爬搔着柱子，突然见我们来，就踉跄逃去，阿满赶到厨下把它捉来了。捧在手里：“你还要逃，都是你不好！妈！快打！”

“畜生晓得什么？唉，真不利！”妻呆呆地望着猫这样说，忘记了自己的矛盾，倒弄得阿满把猫捧在手里瞪目茫然了。

“把它关在伙食间里，别放它出来！”我一壁说一壁懒懒地走入卧室睡去。我实在已怕看这猫了。

立时从伙食间里发出“尼亚尼亚”的悲鸣声和嘈杂的搔爬声来。努力想睡，总是睡不着。原想起来把猫重新放出，终于无心动弹，连向那就在房外的妻女叫一声“把猫放出”的心绪也没有，只让自己听着那连续的猫声，一味沉浸在悲哀里。

从此以后，这小小的猫，在全家成了一个联想死者的媒介，特别地在我，这猫所暗示的新的悲哀的创伤，是用了家道中落等类的怅惘包裹着的。

伤逝的悲怀，随着暑气一天一天地淡去，猫也一天一天地长大，从前被全家所诅咒的这不幸的猫，这时渐被全家宠爱珍惜起来了，当作了死者的纪念物。每餐给它吃鱼，归阿满饲它，晚上抱进房里，防恐被人偷了或是被野狗咬伤。

白玉也似的毛地上，黄黑斑错落得非常明显，当那蹲在草地上或跳掷在凤仙花丛里的时候，望去真是美丽。每当附近四邻或路过的人，见了称赞说“好猫！”的时候，妻脸上就现出一种莫可言说的矜夸，好像是养着一个好儿子或是好女儿。特别地是阿满:

“这是我家的猫，是姑母送来的，姑母死了，只剩了这只猫了！”她当有人来称赞猫的时候，不管那人蓦生与不蓦生，总会睁圆了眼起劲地对他说明这些。

猫做了一家的宠儿了，每餐食桌旁总有它的位置，偶然偷了食或是乱撒了屎，虽然依妹的教育法是要就地罚打的，妻也总看妹面上宽恕过去。阿吉阿满一从学校里回来就用了带子逗它玩，或是捉迷藏似地在庭间追赶它。我也常于初秋的夕阳中坐在檐下对了这跳掷着的小动物作种种的遐想。

那是快近中秋的一个晚上的事：湖上邻居的几位朋友，晚饭后散步到了我家里，大家在月下闲话，阿满和猫在草地上追逐着玩。客去后，我和妻搬进几椅正要关门就寝，妻照例记起猫来：

“咪咪！”

“咪咪！”阿吉阿满也跟着唤。

可是却不听到猫的“尼亚尼亚”的回答。

“没有呢！哪里去了？阿满，不是你捉出来的吗？去寻来！”妻着急起来了。

“刚刚在天井里的。”阿满瞠了眼含糊地回答，一壁哭了起来。

“还哭！都是你不好！夜了还捉出来做什么呢？——咪咪，咪咪！”妻一壁责骂阿满一壁嗄了声再唤。

“咪咪，咪咪！”我也不禁附和着唤。

可是仍不听到猫的“尼亚尼亚”的回答。

叫小孩睡好了，重新找寻，室内室外，东邻西舍，到处分头都寻遍，哪有猫的影儿？连方才谈天的几位朋友都过来帮着在月光下寻觅，也终于不见形影。一直闹到十二点多钟。月亮已照屋角为止。

“夜深了，把窗门暂时开着，等它自己回来罢，——偷是没有人偷的，或者被狗咬死了，但又不听见它叫。也许不至于此，今夜且让它去罢。”我宽慰着妻，关了大门，先入卧室去。在枕上还听到妻的“咪咪”的呼声。

猫终于不回来。从次日起，一家好像失了什么似地，都觉到说不出的寂寥。小孩从放学回来也不如平日的高兴，特别地在我，于妻女所感得的以外，顿然失却了沉思过去种种悲欢往事的媒介物，觉得寂寥更甚。

第三日傍晚，我因寂寥不过了，独自在屋后山边散步，忽然在山脚田坑中发见猫的尸体。全身黏着水泥，软软地倒在坑里，毛贴着肉，身躯细了好些，项有血迹，似确是被狗或野兽咬毙了的。

“猫在这里！”我不觉自叫了说。

“在哪里？”妻和女孩先后跑来，见了猫都呆呆地几乎一时说不出话。

“可怜！一定是野狗咬死的。阿满，都是你不好！前晚你不捉它出来，哪里会死呢？下世去要成冤家啊！——唉！妹妹死了。连妹妹给我们的猫也死了。”妻说时声音呜咽了。

阿满哭了，阿吉也呆着不动。

“进去罢，死了也就算了，人都要死哩，别说猫！快叫人来把它葬了。”我催她们离开。

妻和女孩进去了。我向猫作了最后的一瞥，在昏黄中独自徘徊。日来已失了联想媒介的无数往事，都回光返照似地一时强烈地齐现到心上来。

看花

/

朱自清

生长在大江北岸一个城市里，那儿的园林本是著名的，但近来却很少；似乎自幼就不曾听见过“我们今天看花去”一类话，可见花事是不盛的。有些爱花的人，大都只是将花栽在盆里，一盆盆搁在架上；架子横放在院子里。院子照例是小小的，只够放下一个架子；架上至多搁二十多盆花罢了。有时院子里依墙筑起一座“花台”，台上种一株开花的树；也有在院子里地上种的。但这只是普通的点缀，不算是爱花。

家里人似乎都不甚爱花；父亲只在领我们上街时，偶然和我们到“花房”里去过一两回。但我们住过一所房子，有一座小花园，是房东家的。那里有树，有花架（大约是紫藤花架之类），但我当时还小，不知道那些花木的名字；只记得爬在墙上的是蔷薇而已。园中还有一座太湖石堆成的洞门；现在想来，似乎也还好的。在那时由一个顽皮的少年仆人领了我去，却只知道跑来跑去捉蝴蝶；有时掐下几朵花，也只是随意挼弄着，随意丢弃了。至于领略花的趣味，那是以后的事：夏天的早晨，我们那地方有乡下的姑娘在各处街巷，沿门叫着，“卖栀子花来。”栀子花不是什么高品，但我喜欢那白而晕黄的颜色和那肥肥的个儿，正和那些卖花的姑娘有着相似的韵味。栀子花的香，浓而不烈，清而不淡，也是我乐意的。我这样便爱起花来了。也许有人会问，“你爱的不是花吧？”这个我自己其实也已不大弄得清楚，只好存而不论了。

在高小的一个春天，有人提议到城外佛寺里吃桃子去，而且预备白吃；不让吃就闹一场，甚至打一架也不在乎。那时虽远在五四运动以前，但我们那里的中学生却常有打进戏园看白戏的事。中学生能白看戏，小学生为什么不能白吃桃子呢？我们都这样想，便由那提议人纠合了十几个同学，浩浩荡荡地向城外而去。到了佛寺，气势不凡地呵叱着道人们（我们称寺里的工人为道人），立刻领我们向桃园里去。道人们踌躇着说：“现在桃树刚才开花呢。”但是谁信道人们的话？我们终于到了桃园里。大家都丧了气，原来花是真开着呢！这时提议人P君便去折花。道人们是一直步步跟着的，立刻上前劝阻，而且用起手来。但P君是我们中最不好惹的；“说时迟，那时快”，一眨眼，花在他的手里，道人已跪在一旁了。那一园子的桃花，想来总该有些可看；我们却谁也没有想着去看。只嚷着，“没有桃子，得沏茶喝！”道人们满肚子委屈地引我们到“方丈”里，大家各喝一大杯茶。这才平了气，谈谈笑笑地进城去。大概我那时还只懂得爱一朵朵的栀子花，对于开在树上的桃花，是并不了然的；所以眼前的机会，便从眼前错过了。

以后渐渐念了些看花的诗，觉得看花颇有些意思。但到北平读了几年书，却只到过崇效寺一次；而去得又嫌早些，那有名的一株绿牡丹还未开呢。北平看花的事很盛，看花的地方也很多；但那时热闹的似乎也只有一班诗人名士，其余还是不相干的。那正是新文学运动的起头，我们这些少年，对于旧诗和那一班诗人名士，实在有些不敬；而看花的地方又都远不可言，我是一个懒人，便干脆地断了那条心了。后来到杭州做事，遇见了Y君，他是新诗人兼旧诗人，看花的兴致很好。我和他常到孤山去看梅花。孤山的梅花是古今有名的，但太少；又没有临水的，人也太多。有一回坐在放鹤亭上喝茶，来了一个方面有须，穿着花缎马褂的人，用湖南口音和人打招呼道，“梅花盛开嗒！”“盛”字说得特别重，使我吃了一惊；但我吃惊的也只是说在他嘴里“盛”这个声音罢了，花的盛不盛，在我倒并没有什么的。

有一回，Y来说，灵峰寺有三百株梅花；寺在山里，去的人也少。我和Y，还有N君，从西湖边雇船到岳坟，从岳坟入山。曲曲折折走了好一会，又上了许多石级，才到山上寺里。寺甚小，梅花便在大殿西边园中。园也不大，东墙下有三间净室，最宜喝茶看花；北边有座小山，山上有亭，大约叫“望海亭”吧，望海是未必，但钱塘江与西湖是看得见的。梅树确是不少，密密地低低地整列着。那时已是黄昏，寺里只我们三个游人；梅花并没有开，但那珍珠似的繁星似的骨都儿，已经够可爱了；我们都觉得比孤山上盛开时有味。大殿上正做晚课，送来梵呗的声音，和着梅林中的暗香，真叫我们舍不得回去。在园里徘徊了一会，又在屋里坐了一会，天是黑定了，又没有月色，我们向庙里要了一个旧灯笼，照着下山。

路上几乎迷了道，又两次三番地狗咬；我们的Y诗人确有些窘了，但终于到了岳坟。船夫远远迎上来道：“你们来了，我想你们不会冤我呢！”在船上，我们还不离口地说着灵峰的梅花，直到湖边电灯光照到我们的眼。

Y回北平去了，我也到了白马湖。那边是乡下，只有沿湖与杨柳相间着种了一行小桃树，春天花发时，在风里娇媚地笑着。还有山里的杜鹃花也不少。这些日日在我们眼前，从没有人像煞有介事地提议，“我们看花去。”但有一位S君，却特别爱养花；他家里几乎是终年不离花的。我们上他家去，总看他在那里不是拿着剪刀修理枝叶，便是提着壶浇水。我们常乐意看着。他院子里一株紫薇花很好，我们在花旁喝酒，不知多少次。白马湖住了不过一年，我却传染了他那花的嗜好。但重到北平时，住在花事很盛的清华园里，接连过了三个春，却从未想到去看一回。只在第二年秋天，曾经和孙三先生在园里看过几次菊花。“清华园之菊”是著名的，孙三先生还特地写了一篇文，画了好些画。但那种一盆一干一花的养法，花是好了，总觉没有天然的风趣。直到去年春天，有了些余闲，在花开前，先向人问了些花的名字。一个好朋友是从知道姓名起的，我想看花也正是如此。恰好Y君也常来园中，我们一天三四趟地到那些花下去徘徊。今年Y君忙些，我便一个人去。我爱繁花老干的杏，临风婀娜的小红桃，贴梗累累如珠的紫荆；但最恋恋的是西府海棠。**海棠的花繁得好，也淡得好；艳极了，却没有一丝荡意**。疏疏的高干子，英气隐隐逼人。可惜没

海棠的花繁得好，也淡得好；艳极了，却没有一丝荡意

有趁着月色看过；王鹏运有两句词道：“只愁淡月朦胧影，难验微波上下潮。”我想月下的海棠花，大约便是这种光景吧。为了海棠，前两天在城里特地冒了大风到中山公园去，看花的人倒也不少；但不知怎的，却忘了畿辅先哲祠。Y告我那里的一株，遮住了大半个院子；别处的都向上长，这一株却是横里伸张的。花的繁没有法说；海棠本无香，昔人常以为恨，这里花太繁了，却酝酿出一种淡淡的香气，使人久闻不倦。Y告我，正是刮了一日还不息的狂风的晚上；他是前一天去的。他说他去时地上已有落花了，这一日一夜的风，准完了。他说北平看花，是要赶着看的：春光太短了，

又晴的日子多；今年算是有阴的日子了，但狂风还是逃不了的。我说北平看花，比别处有意思，也正在此。这时候，我似乎不甚菲薄那一班诗人名士了。

陆 寂寞时的不寂寞

我走进自己的房里，将房门关起来，呆坐在冷清的灯光面前，什么忧愁都消灭了。只有那与人为善的观念，像火一般的燃烧在寂寞的心里。

——章衣萍

他们尽是可爱的

/

章衣萍

我总觉得，我所住的羊市大街，的确污秽而且太寂寞了。我有时到街上闲步，只看见污秽的小孩，牵着几只呆笨的骆驼，在那灰尘满目的街上徐步。来往的车马是零落极了。有时也有几辆陈旧的洋车，拉着五六十岁的衰弱老人，或者是三四十岁的丑陋妇女，在那灰尘当中撞过。两旁尽站着些狭小的店铺，这些店铺我是从来没有进去买过东西的，门前冷落如坟墓。

“唉，这样凄凉而寂寞的地方！”我长嘘了一口气，回到房里。东城，梦里的东城，只有她是我生命的安慰者：北河沿的月夜，携手闲游；沙滩的公寓里，围炉闲话；大学夹道中的朋友，对坐谈鬼。那里，那里的朋友是学富才高，那里的朋友是年青貌美，那里的朋友是活泼聪明。冬夜是最恼人的！我有时从梦中醒来，残灯未灭，想到那如梦如烟的东城景象，心中只是凄然，怃然，十分难受！记得 Richard C. Cabot 在他的 *What Men Live By*[①] 一书

① Richard C. Cabot：理查德·卡波（1868—1939），美国医疗改革家；*What Men Live By*：《人靠什么活着》。——编者注

中，曾说到人生不可缺的四种东西，——工作，爱情，信仰与游戏。然而我，我的生命的寸步不离的伴侣，只有那缠绵不断的工作呵！我是一个不相信宗教而且失恋的人。说到游戏那就更可怜了。这样黑暗而寥落的北京城，那里找得正当游戏的地方？逛新世界吗？逛城南游艺园吗？那样污秽的地方，我要去也又何忍去！

我真觉得寂寞极了。我只有让那做不完的工作来消磨我的可怜的生命。说来也惭愧，我在羊市大街住了一年，竟没有在左近找着一个相识而且很好的朋友。我是一个爱美爱智的人，我咀咒而厌恶那丑陋和愚蠢。这羊市大街的左右，多的是污秽的商店和愚蠢的工人和车夫，我应该向谁谈话呢？

然而我觉悟，现在已觉悟了。美和智是可爱的，善却同他们一般的可爱。

为了办平民读书处，我才开始同羊市大街的市民接触了。第一次进去的，是一个狭小的铜匠铺。当我走进门的时候，里面两个匠人，正站在炉火旁边，做他们未完的工作。他们看见我同他们点头，似乎有些奇怪起来了。“先生，你来买些什么东西？”一个四十几岁的铜匠，从他的瘦黑的脸色中，足以看出他的半生的辛苦，我含笑殷勤地这般对他说：“我不是来买东西的，我是来劝你们读书的。你愿意读书吗？我住在帝王庙。你愿意，我可送你们四本书，四本书共有一千个字，四个月读完。你愿意读，你晚上有功夫，我们可以派人来教你。”他听完我的话以后，乐得几乎跳起来了。“那是极好的事！我从小因为没有钱，所以读不起书。唉，现在真是苦极了。记一笔账，写一封信，也要去拜托旁人。先生，我愿意，我的徒弟也愿意，就请你老每晚来教我们罢。只是劳驾得很！”我从袋里拿出四本《平民千字课》，告诉他晚上再来，便走出铜匠铺了。他送我出门，从他的微笑里，显出诚恳的感激的样子。我此时心中真快乐，这种快乐却异乎寻常。The happy are made by the acquisition of good things[①]，比寻些损害他人利益自己的快乐高贵得多了。我是从学生社会里刚出来的人，我只觉得那红脸黑发的活泼青年是可爱的，我几乎忘记了那中年社会的贫苦人民，他们也有我们同样的理性，同样的感情，同样的洁白良心，只是没有我们同样的机会，所以造成那样悲惨的境遇。许多空谈改革社会的青年们呵！我们关起门来读一两本马克斯[②]或是克鲁巴特金[③]的书籍，便以为满足了吗？如果你们要社会变成你们理想的天国，你们应该使多数的兄弟姊妹懂得你们的思想。教育比革命还要紧些。朋友们，我们应该用我们的心血去替代那鲜红的热血！我此时脑中的思想风起泉涌，我又走进一个棺材铺了。一进门，看见许多的大小棺材，我便想起守方对我说的话：“看见了棺材，心中便觉得害怕起来。”但是，胆小的

---

① 大意为：快乐是由获得好东西而产生的。——编者注

② 马克斯：现多译为马克思。——编者注

③ 克鲁巴特金：现多译为克鲁泡特金，俄国无政府主义运动的最高领袖和理论家。——编者注

朋友呵！我们又谁能够不死呢？Marcus Aurelius[①] 说得好："死是挂在你的心上的！当你还活着的时候，当你还有权力的时候，努力变成一个好人罢！"这是我们应该时时刻刻记着的话。那棺材铺中的一个老头儿，破碎的棉袄，抽着很长的烟袋。他含笑地对我说："先生，请坐。"我此时也忍不住地笑起来了。我说："我不是来买棺材的，我是来劝你们读书的。老人家，你有几个伙计，他们都认识字吗？""我没有伙计，只有一个儿子。哈哈！先生，我今年六十五岁了。你看我还能读书吗？"我的心中真感动极了。我便告诉他平民读书处的办法，随后又送了他两本《平民千字课》。他说："很好！四个月能够读完一千字，我虽然老了，也愿意试试看。"他恭恭敬敬地端出一碗茶给我，我喝完了茶，便走出门了。我本是一个厌恶老年人的，此时很忏悔我从前的谬误。诚恳而且真实的人们是应该受敬礼的，我们应该敬礼那诚实的老人，胜过那浮滑的青年！我乘兴劝导设立平民读书处，走进干果铺，烧饼铺，刻字铺，在几十分钟之内接谈了十几个商人，**他们的态度都那么诚恳，那么动人，那么朴实可爱**。

太阳已经没有了，我孤单单地回到帝王庙去。我仿佛看见羊市大街左右的店铺里尽是些可爱的人，心中觉得无限快乐，无限安慰。我忘记了这是一条污秽而寂寞的街市！丑陋和愚蠢是掩不

① Marcus Aurelius：马克·奥勒留（121—180），古罗马帝国皇帝。著有《沉思录》一书。——编者注

他们的态度都那么诚恳，那么动人，那么朴实可爱

了善的存在和价值的。美和智能给人快乐，也能给人忧愁。只有善才是人生最后的目的，也是最大的快乐！我走进自己的房里，将房门关起来，呆坐在冷清的灯光面前，什么忧愁都消灭了。只有那与人为善的观念，像火一般的燃烧在寂寞的心里。

我们的太平洋

/

鲁彦

倘若我问你："你喜欢西湖吗？"你一定回答说："是的，我非常喜欢！"

但是，倘若我问你说："你喜欢后湖吗？"你一定摇一摇头说："哪里比得上西湖！"或者，你竟露着奇异的眼光，反问我说："哪一个后湖呀？"

哦，我所说的是南京的后湖，它又叫做玄武湖。

倘若你以前到过南京，你一定知道这个又叫做玄武湖的后湖。倘若你近来住在南京或到过南京，你一定知道它又改了名字了。它现在叫做五洲公园了，是不是？

但是，说你喜欢，我不能够代你确定的答复，如其说你喜欢后湖比喜欢西湖更甚，那我简直想也不敢这样想了，自然，你一定更喜欢西湖的。

然而，我自己却和你相反。我更喜欢后湖。你要用西湖的山水名胜来和我所喜欢的后湖比较，你是徒然的。我是不注意这些。我可以给你满意的答复："后湖并不像西湖那样的秀丽。"而且我还敢保证你说："你更喜欢西湖，是完全对的。"但我这样的说法，可并不取消我自己的喜欢。我自己，还是更喜欢后湖的。

后湖的一边有一座紫金山，你一定知道。它很高。它没有生产什么树木。它只是一座裸秃的山，一座没有春夏的山。没有什么山洞。也没有什么蹊径。它这里的云雾没有像在西湖的那么神秘奇妙，不能引起你的甜美的幻梦。它能给你的常是寂寞与悲凉，浩歌与哀悼。但是，这样也就很好了，我觉得。它虽没有西湖的秀丽，它可有它的雄壮。

后湖的又一边有一座城墙，你也一定知道。这是西湖所没有的。在游人这一点上来比较，有点像西湖的苏堤。但是它没有妩媚的红桃绿柳的映衬。它是一座废堞残垣的古城。它不能给青年男女黄金一般的迷梦。你到了那里，就好像热情之神 Apollo① 到了雅典的卫城上，发觉了潜伏在幸福背后的悲哀。我觉得，这样更好。她能使你味澈到人生的真谛。

但是我喜欢后湖，还不在这里。我对它的喜欢的开始，这不是在最近。那已是十年以前的事了。

十年以前，我曾在南京住了将近半年。如同我喜欢吃多量的醋——你可不要取笑我——拌干丝一样，我几乎是天天到后湖去的。我很少独自去的时候，常有很多的同伴。有时，一只船容不下，便分开在两只船里。

① Apollo：即阿波罗。——编者注

第一个使我喜欢后湖的原因，是在同伴。他们都和我一样年轻，活泼得有点类于疯狂的放荡。大家还不曾肩上生活的重担，只知道快乐。只有其中的一位广东朋友，常去拜访爱人被取笑“割草”的，和我已经负上了人的生活的担子的，比较有点忧郁，但是实际上还是非常的轻微，它像是浮云一样，最容易被微风吹开。这几个有着十足的天真的青年凑在一起，有说有笑，有叫有唱，常常到后湖去，于是后湖便被我喜欢了。

第二个原因，是在船。它是一种平常的朴素的小渔船，没有修饰，老老实实的破着，漏的漏着。船中偶然放着一二个乡人用的小竹椅或破板凳，我们须分坐在船头和船栏上。没有篷，使我们容易接受阳光或风雨，船里有了四支桨，一支篙。船夫并不拘束我们，不需要他时他可以留岸上。我是从小在故乡的河里，瞒着母亲弄惯了船的，我当然非常高兴拿着一支桨坐在船尾，替代了船夫。船既由我们自己弄，于是要纵要横，要搁浅要抛锚，要靠岸要随风飘荡，一切都可以随便了。这样，船既朴素得可爱，又玩得自由，后湖便更被我喜欢了。

第三个原因是湖中的茭儿菜与荷花。当它们最茂盛的时候，很多地方几乎只有一线狭窄的船路。船从中间驶了去，沙沙地挤动着两边的枝叶，闻到清鲜的香气，时时受到叶上的水滴的袭击。它们高高地遮住了我们的视线，迷住了我们的方向，柳暗花明地常常觉得前面是绝径了，又豁然开朗的展开一条路来。当它们枯萎到水面水下的时候，我们的船常常遇到搁浅，经过一番努力，又荡漾在无阻碍的所在。有时，四五个人合着力，故意往搁浅的所在驶了去，你撑篙，我扯草根，想探出一条路来。我们的精力正是最充足的时候，我们并不惋惜几小时的徒然的探险。这样，湖中有了茭儿菜与荷花，使我们趣味横生，我自然愈加喜欢后湖了。

第四，是后湖的水闸。靠了船，爬到城墙根，水闸的上面有一个可怕的阴暗的深洞。从另一条路走到水闸边，看见了迸发的瀑布。我们在这里大声唱了起来，宛如音乐家对着海的洪涛练习喉音一样。洁白的瀑布诱惑着我们脱鞋袜，走去受洗礼，随后还逼我们到湖中去洗浴游泳，倘若天气暖热的话。在这里，我们的精力完全随着喜欢消耗尽了。这又是我更喜欢后湖的一个原因。

第五，最后而又最大的使我喜欢后湖的原因了。那就是，我们的太平洋。太平洋，原来被我们发现在后湖里了。这是被我们中间的一个同伴，一个诗人兼哲学家的同伴所首先发现，所提议而加衔的。它的区域就在离开水闸不远起，到对面的洲的末尾的近处止。这里是一个最宽广的所在，也是湖水最深的所在。后湖里几乎到处都有茭儿菜与荷花或水草，只有这里是一年四季露着汪洋的一片的。这里的太阳显得特别强烈，风也显得特别大。显然的，这里的气候也俨然不同了。我们中间没有一个人反对这“太平洋”新名字。我们都的确觉得到了真正的太平洋了。梦呵！我们已经占据了半个地球了！我们已经很疲乏，我们现在要在太平洋里休息了。任你把我们飘到地球的那一角去吧，太平洋上的风！我们丢了桨，躺在船上，仰望着空间的浮云，不复注意到时间的流动。

我们把脚拖在太平洋里，听着默默的波声，呼吸着最清新的空气。我们暂时的静默了。我们已经和大自然融合在一起。还有什么比太平洋更可爱，更伟大呢？而我们是，每次每次在那里飘漾着，在那里梦想着未来，在那里观望着宇宙间的幻变，在那里倾听着地球的转动，在那里消磨它幸福的青春。我们完全占有了太平洋了……

够了，我不再说到洲上的樱桃，也不再说到翻船的朋友那些事，是怎样怎样的有趣，我只举出了上面的五点。你说西湖比后湖好，你可能说后湖所有的这几点，西湖也有？尤其是，我们的太平洋？

或者你要说，几十年以前，西湖的船，西湖的水草，西湖的水，都和我说的相仿佛，和我所喜欢的后湖一样朴素，一样自然。但是，我告诉你，我没有亲自看见过。当我离开南京后两年光景，当我看见西湖的时候，西湖已经是粉饰华丽得不像一个处女似的西子了。

“就是后湖，也已经大大的改变，不像你所说的十年前的可爱了。”你一定会这样的说的，是不是？那是我承认的。几年前我已经看见它改变了许多了。

后湖的船已经变得十分的华丽，水闸已经不通，马路已经展开在洲上。它的名字也已经换做五洲公园了。

尤其是，我的同伴已经散失了：我们中间最有天才的画家已经睡在地下，诗人兼哲学家流落在极远的边疆，拖木屐的朋友在南海入了赘，“割草”的工人和在后湖里栽跟斗的莽汉等等都已不晓得行踪和存亡了。我呢，在生活的重担下磨炼着，已经将要

尤其是，我的同伴已经散失了

老了。倘若我的年轻时代的同伴再能集合起来，我相信每个人的额上已经刻下了很深的创痕，而天真和快乐，也一定不复存在了。

然而，只要我活着，即使我们的太平洋填成了大陆，甚至整个的后湖变成了大陆，我还是喜欢后湖的。因为我活着的时候，我不会忘记我们的太平洋。

你说你更喜欢西湖。

我说我更喜欢后湖。

你喜欢你的西湖，我喜欢我的后湖就是。

你说西湖最好。

我说后湖最好。

你说你的，我说我的。

天下事，原来喜欢的都是好的，从没有好的都使人喜欢。你说是吗？

月夜之话

/

郑振铎

是在山中的第三夜了。月色是皎洁无比，看着她渐渐的由东方升了起来。蝉声叽——叽——叽——的漫长的叫着，岭下涧水潺潺的流声，隐略的可以听见，此外，便什么声音都没有了。月如银的圆盘般大，静定的挂在晚天中，星没有几颗，疏朗朗的间缀于蓝天中，如美人身上披的蓝天鹅绒的晚衣，缀了几颗不规则的宝石。大家都把自己的摇椅移到东廊上坐着。

初升的月，如水银似的白，把它的光笼罩在一切的东西上；柱影与人影，粗黑的向西边的地上倒映着。山呀，田地呀，树林呀，对面的许多所的屋呀，都朦朦胧胧的不大看得清楚，正如我们初从倦眠中醒了来，睁开了眼去看四周的东西，还如在渺茫梦境中似的；又如把这些东西都幕上了一层轻巧细密的冰纱，它们在纱外望着，只能隐约的看见它们的轮廓；又如春雨连朝，天色昏暗，极细极细的雨丝，随风飘拂着，我们立在红楼上，由这些豪雨织成的帘中向外望着。**那么样的静美，那么样柔秀的融合的情调，真非身临其境的人不能说得出的**。

“那么好的月呀！”擘黄先生赞赏似的叹美着。

那么样的静美，那么样柔秀的融合的情调，真非身临其境的人不能说得出的

同浴于这个明明的月光中的，还有梦旦先生和心南先生。静悄悄的，各人都随意的躺在他的摇椅上，各自在默想他的崇高的思绪，也不知道有多少秒，多少分，多少刻的时间是过去了。红栏杆外是月光、蝉声与溪声，红栏杆内是月光照浴着的几个静思的人。

> 月光光，黑河塘。骑竹马，过横塘。横塘水深不得过，娘子牵船来接郎。问郎长，问郎短，问郎此去何时返。

心南先生的女公子依真跳跃着的由西边跑了过来，嘴里这样的唱着。那清脆的歌声漫溢于朦胧的空中，如一塘静水中起了一个水沤似的，立刻一圈一圈的扩大到全个塘面。

“这是各处都有的儿歌，辜鸿铭曾选入他的《幼学弦歌》中。”梦旦先生说。他真是一个健谈的人，又恳挚，又多见闻，凡是听过他的话的人，总不肯半途走了开去。

“福州还有一首大家都知道的民歌，也是以月为背景的，真是不坏。”梦旦先生接着说。于是他便背诵出了这一首歌。

> 共哥相约月出来，怎样月出哥未来？没是奴家月出早？没是哥家月出迟？不论月出早与迟，恐怕我哥未肯来。当日我哥来娶嫂，三十元月哥也来。

这首歌的又真挚又曲折的情绪，立刻把大家捉住了。像那么好的情歌，真不多见。

“我真想把它抄录了下来呢！”我说。于是梦旦先生又逐句的背念了一遍，我便录了下来。

“大约是又成了《山中通信》的资料吧。”擘黄先生笑着说道，他今天刚看见我写着《山中通信》。

“也许是的，但这样的好词，不写了下来，未免太可惜了。”

“我也有一个，索性你再写了吧。”擘黄说。我端正了笔等着他。

七月七夕鹊填桥，牛郎织女渡天河。人人都说神仙好，一年一度算什么！

“最后一句真好，凡是咏七夕的诗，恐怕不见得有那样透澈的口气吧。可见民歌好的不少，只在自己去搜集而已。”擘黄说。

大家的话匣子一开，沉静的气氛立刻打破了，每个人都高高兴兴的谈着唱着，浑忘了皎洁月光与其他一切。月已升得很高，倒向西边的柱影，已渐渐的短了。

梦旦先生道：“还有一首歌，你们听人说过没有？”

采苹你去问秋英，怎么姑爷跌满身？他说：“相公家里回，也无火把也无灯。”既无火把也要灯！他说相公家里回，怎么姑爷跌满身？采苹你去问秋英！

“是的，听见过的。”擘黄说，“但其层次与说话之语气颇不易分得出明白。”

“大约是小姐见姑爷夜间回来，跌了一身的泥，不由得起了疑心，便叫丫头采苹去问跟班秋英。采苹回到小姐那里，转述秋英的话，相公之所以跌得一身泥者，因由家里回来，夜色黑漆漆的，又无火把又无灯笼也。第二首完全是小姐的话，她的疑心还未释，相公既由家回，如无火把也要有灯，怎么会跌得一身泥？于是再叫采苹去问秋英。虽然是如连环诗似的二首，前后的意思却很不同。每个人的口气也都逼真的像。”梦旦先生说。

经了这样一解释，这首诗，真的也成了一首名作了。

> 真鸟仔，啄瓦檐，奴哥无“母”这数年。看见街上人讨“母”，奴哥目泪挂目檐。有的有，没的没，有人老婆连小婆！只愿天下做大水，流来流去齐齐没。

这一首也是这一夜采得的好诗，但恐非“非福州人”所能了解。所谓“真鸟仔”者，即小麻雀也。“母”者，即女子也，即所谓公母之“母”是也。“奴哥”者，擘黄以为是他人称他的，我则以为是自称的口气。兹译之如下：

> 小小的麻雀儿，在瓦檐前啄着，啄着，我是这许多年还没有妻呀！看见街上人家闹洋洋的娶亲，我不由得双泪挂眼边。有的有，没有的没有，有的人，有了妻，却还要小老婆。但愿天下起了大水，流来流去，使大家一齐都没有。

这个译文，意思未见得错，音调的美却完全没有了。所以要保存民歌的绝对的美，似非用方言写出来不可。

这一夜，是在山上说得最舒畅的一夜，直到了大家都微微的呵欠着，方才散了，各进房门去睡。第二夜，月光也不坏。我却忙着写稿子；再一夜，天色却不佳，梦旦先生和擘黄又忙着收拾行囊，预备第二天一早下山。像这样舒畅的夜谈，却终于只有这一夜，这一夜呀!

白马湖

/

朱自清

今天是个下雨的日子。这使我想起了白马湖；因为我第一回到白马湖，正是微风飘萧的春日。

白马湖在甬绍铁道的驿亭站，是个极小极小的乡下地方。在北方说起这个名字，管保一百个人一百个人不知道。但那却是一个不坏的地方。这名字先就是一个不坏的名字。据说从前（宋时？）有个姓周的骑白马入湖仙去，所以有这个名字。这个故事也是一个不坏的故事。假使你乐意搜集，或也可编成一本小书，交北新书局印去。

白马湖并非圆圆的或方方的一个湖，如你所想到的，这是曲曲折折大大小小许多湖的总名。湖水清极了，如你所能想到的，一点儿不含糊像镜子。沿铁路的水，再没有比这里清的，这是公论。遇到旱年的夏季，别处湖里都长了草，这里却还是一清如故。白马湖最大的，也是最好的一个，便是我们住过的屋的门前那一个。那个湖不算小，但湖口让两面的山包抄住了。外面只见微微的碧波而已，想不到有那么大的一片。湖的尽里头，有一个三四十户人家的村落，叫做西徐岙，因为姓徐的多。这村落与外面本是不相通的，村里人要出来得撑船。后来春晖中学在湖边造了房子，这才造了两座玲珑的小木桥，筑起一道煤屑路，直通到驿亭车站。那是窄窄的一条人行路，蜿蜒曲折的，路上虽常不见人，走起来却不见寂寞——尤其在微雨的春天，一个初到的来客，他左顾右盼，是只有觉得热闹的。

春晖中学在湖的最胜处，我们住过的屋也相去不远，是半西式。湖光山色从门里从墙头进来，到我们窗前、桌上。我们几家接连着；丏翁的家最讲究。屋里有名人字画，有古瓷，有铜佛，院子里满种着花。屋子里的陈设又常常变换，给人新鲜的受用。他有这样好的屋子，又是好客如命，我们便不时地上他家里喝老酒。丏翁夫人的烹调也极好，每回总是满满的盘碗拿出来，空空的收回去。白马湖最好的时候是黄昏。湖上的山笼着一层青色的薄雾，在水面映着参差的模糊的影子。水光微微地暗淡，像是一面古铜镜。轻风吹来，有一两缕波纹，但随即平静了。**天上偶见几只归鸟，我们看着它们越飞越远，直到不见为止**。这个时候便是我们喝酒的时候。我们说话很少；上了灯话才多些，但大家都已微有醉意。是该回家的时候了。若有月光也许还得徘徊一会；若是黑夜，便在暗里摸索醉着回去。

白马湖的春日自然最好。山是青得要滴下来，水是满满的、软软的。小马路的两边，一株间一株地种着小桃与杨柳。小桃上各缀着几朵重瓣的红花，像夜空的疏星。杨柳在暖风里不住地摇曳。在这路上走着，时而听见锐而长的火车的笛声是别有风味的。在

天上偶见几只归鸟，我们看着它们越飞越远，直到不见为止

春天，不论是晴是雨，是月夜是黑夜，白马湖都好。——雨中田里菜花的颜色最早鲜艳；黑夜虽什么不见，但可静静地受用春天的力量。夏夜也有好处，有月时可以在湖里划小船，四面满是青霭。船上望别的村庄，像是蜃楼海市，浮在水上，迷离惝恍的；有时听见人声或犬吠，大有世外之感。若没有月呢，便在田野里看萤火。那萤火不是一星半点的，如你们在城中所见；那是成千成百的萤火。一片儿飞出来，像金线网似的，又像耍着许多火绳似的。只有一层使我愤恨。那里水田多，蚊子太多，而且几乎全闪闪烁烁是疟蚊子。我们一家都染了疟病，至今三四年了，还有未断根的。蚊子多足以减少露坐夜谈或划船夜游的兴致，这未免是美中不足了。

离开白马湖是三年前的一个冬日。前一晚“别筵”上，有丏翁与云君，我不能忘记丏翁，那是一个真挚豪爽的朋友。但我也不能忘记云君，我应该这样说，那是一个可爱的——孩子。

翡冷翠山居闲话

/

徐志摩

在这里出门散步去，上山或是下山，在一个晴好的五月的向晚，正像是去赴一个美的宴会，比如去一果子园，那边每株树上都是满挂着诗情最秀逸的果实，假如你单是站着看还不满意时，只要一伸手就可以采取，可以恣尝鲜味，足够你性灵的迷醉。阳光正好暖和，决不过暖；风息是温驯的，而且往往因为他是从繁花的山林里吹度过来，他带来一股幽远的淡香，连着一息滋润的水汽，摩挲你的颜面，轻绕着你的肩腰，就这单纯的呼吸已是无穷的愉快；空气总是明净的，近谷内不生烟，远山上不起霭，那美秀风景全部正像画片似的展露在你的眼前，供你闲暇的鉴赏。

作客山中的妙处，尤在你永不须踌躇你的服色与体态；你不妨摇曳着一头的蓬草，不妨纵容你满腮的苔藓；你爱穿什么就穿什么；扮一个牧童，扮一个渔翁，装一个农夫，装一个走江湖的桀卜闪[①]，装一个猎户；你再不必提心整理你的领结，你尽可以不

① 桀卜闪：即吉卜赛，吉卜赛人被称为“天生流浪的民族”。——编者注

用领结，给你的颈根与胸膛一半日的自由；你可以拿一条艳色的长巾包在你的头上，学一个太平军的头目，或是拜伦那埃及装的姿态；但最要紧的是穿上你最旧的旧鞋，别管他模样不佳，他们是顶可爱的好友，他们承着你的体重却不叫你记起你还有一双脚在你的底下。

这样的玩顶好是不要约伴，我竟想严格的取缔，只许你独身；因为有了伴多少总得叫你分心，尤其是年轻的女伴，那是最危险最专制不过的旅伴，你应得躲避她像你躲避青草里一条美丽的花蛇！平常我们从自己家里走到朋友的家里，或是我们执事的地方，那无非是在同一个大牢里从一间狱室移到另一间狱室去，拘束永远跟着我们，自由永远寻不到我们；但在这春夏间美秀的山中或乡间，你要是有机会独身闲逛时，那才是你福星高照的时候，那才是你实际领受，亲口尝味，自由与自在的时候，**那才是你肉体与灵魂行动一致的时候**；朋友们，我们多长一岁年纪往往只是加重我们头上的枷，加紧我们脚胫上的链，我们见小孩子在草里在沙堆里在浅水里打滚作乐，或是看见小猫追他自己的尾巴，何尝没有羡慕的时候，但我们的枷，我们的链永远是制定我们行动的上司！所以只有你单身奔赴大自然的怀抱时，像一个裸体小孩扑入他母亲的怀抱时，你才知道灵魂的愉快是怎样的，单是活着的快乐是怎样的，单就呼吸单就走道单就张眼看耸耳听的幸福是怎样的。因此你，得严格的为己，极端的自私，只许你，体魄与性灵，与自然同在一个脉搏里跳动，同在一个音波里起伏，同在一个神奇的宇宙里自得。我们浑朴的天真是像含羞草似的娇柔，一经同伴的抵触，他就卷了起来，但在澄静的日光下，和风中，他的姿态是自然的，他的生活是无阻碍的。

那才是你肉体与灵魂行动一致的时候

你一个漫游的时候，你就会在青草里坐地仰卧，甚至有时打滚，因为草的和暖的颜色自然的唤起你童稚的活泼；在静僻的道上你就会不自主的狂舞，看着你自己的身影幻出种种诡异的变相，因为道旁树木的阴影在他们纡徐的婆娑里暗示你舞蹈的快乐；你也会得信口的歌唱，偶尔记起片断的音调，与你自己随口的小曲，因为树林中的莺燕告诉你春光是应得赞美的；更不必说你的胸襟自然会跟着曼长的山径开拓，你的心地会看着澄蓝的天空静定，你的思想和着山壑间的水声，山罅里的泉响，有时一澄到底的清澈，有时激起成章的波动，流，流，流入凉爽的橄榄林中，流入妩媚的阿诺河去……

并且你不但不须约伴，每逢这样的游行，你也不必带书。书是理想的伴侣，但你应得带书，是在火车上，在你住处的客室里，不是在你独身漫步的时候。什么伟大的深沉的鼓舞的清明的优美的思想的根源不是可以在风籁中，云彩里，山势与地形的起伏里，花草的颜色与香息里寻得？自然是最伟大的一部书，葛德说，在他每一页的字句里我们读得最深奥的消息，并且这书上的文字是人人懂得的；阿尔帕斯与五老峰，雪西里与普陀山，莱茵河与扬子江，梨梦湖与西子湖，建兰与琼花，杭州西溪的芦雪与威尼市夕照的红潮，百灵与夜莺，更不是一般黄的黄麦，一般紫的紫藤，一般青的青草同在大地上生长，同在和风中波动——他们应用的符号是永远一致的，他们的意义是永远明显的，只要你自己心灵上不长疮瘢，眼不盲，耳不塞，这无形迹的最高等教育便永远是你的名分，这不取费的最珍贵的补剂便永远供你的受用；只要你认识了这一部书，你在这世界上寂寞时便不寂寞；穷困时不穷困，苦恼时有安慰，挫折时有鼓励，软弱时有督责，迷失时有南针。

柒 人生总有晴朗时

远处的人间，有无限的平安与快乐，无限的春光……在此暂时可以忘却无数的落蕊与残红；亦可以忘却花荫中掉下的枯叶，私语地预告三秋的情意；亦可以忘却苦恼的僵瘪的人间……

——徐志摩

北戴河海滨的幻想

/
徐志摩

他们都到海边去了。我为左眼发炎不曾去。我独坐在前廊，偎坐在一张安适的大椅内，袒着胸怀，赤着脚，一头的散发，不时有风来撩拂。清晨的晴爽，不曾消醒我初起时睡态；但梦思却半被晓风吹断。我阖紧眼帘内视，只见一斑斑消残的颜色，一似晚霞的余赭，留恋地胶附在天边。廊前的马樱、紫荆、藤萝、青翠的叶与鲜红的花，都将他们的妙影映印在水汀上，幻出幽媚的情态无数；我的臂上与胸前，亦满缀了绿荫的斜纹。从树荫的间隙平望，正见海湾：海波亦似被晨曦唤醒，黄蓝相间的波光，在欣然的舞蹈。滩边不时见白涛涌起，迸射着雪样的水花。浴线内点点的小舟与浴客，水禽似的浮着；幼童的欢叫，与水波拍岸声，与潜涛呜咽声，相间的起伏，竞报一滩的生趣与乐意。但我独坐的廊前，却只是静静的，静静的无甚声响。妩媚的马樱，只是幽幽的微辗着，蝇虫也敛翅不飞。只有远近树里的秋蝉，在纺妙似的垂引他们不尽的长吟。

在这不尽的长吟中，我独坐在冥想。难得是寂寞的环境，难得是静定的意境；**寂寞中有不可言传的和谐，静默中有无限的创**

造。我的心灵，比如海滨，生平初度的怒潮，已经渐次的消翳，只剩有疏松的海砂中偶尔的回响，更有残缺的贝壳，反映星月的辉芒。此时摸索潮余的斑痕，追想当时汹涌的情景，是梦或是真，再亦不须辨问，只此眉梢的轻皱，唇边的微哂，已足解释无穷奥绪，深深的蕴伏在灵魂的微纤之中。

青年永远趋向反叛，爱好冒险；永远如初度航海者，幻想黄金机缘于浩渺的烟波之外：想割断系岸的缆绳，扯起风帆，欣欣的投入无垠的怀抱。他厌恶的是平安，自喜的是放纵与豪迈。无颜色的生涯，是他目中的荆棘；绝海与凶巘，是他爱取自由的途径。他爱折玫瑰：为她的色香，亦为她冷酷的刺毒。他爱搏狂澜：为他的庄严与伟大，亦为他吞噬一切的天才，最是激发他探险与好奇的动机。他崇拜冲动：不可测，不可节，不可预逆，起，动，消歇皆在无形中，狂飙似的倏忽与猛烈与神秘。他崇拜斗争：从斗争中求剧烈的生

寂寞中有不可言传的和谐，静默中有无限的创造

命之意义，从斗争中求绝对的实在，在血染的战阵中，呼叫胜利之狂欢或歌败丧的哀曲。

幻象消灭是人生里命定的悲剧；青年的幻灭，更是悲剧中的悲剧，夜一般的沉黑，死一般的凶恶。纯粹的，猖狂的热情之火，不同阿拉伯的神灯，只能放射一时的异彩，不能永久的朗照；转瞬间，或许，便已敛熄了最后的焰舌，只留存有限的余烬与残灰，在未灭的余温里自伤与自慰。

流水之光，星之光，露珠之光，电之光，在青年的妙目中闪耀，我们不能不惊讶造化者艺术之神奇，然可怖的黑影，倦与衰与饱餍的黑影，同时亦紧紧的跟着时日进行，仿佛是烦恼、痛苦、失败，或庸俗的尾曳，亦在转瞬间，彗星似的扫灭了我们最自傲的神辉——流水涸，明星没，露珠散灭，电闪不再！

在这艳丽的日辉中，只见愉悦与欢舞与生趣，希望，闪烁的希望，在荡漾，在无穷的碧空中，在绿叶的光泽里，在虫鸟的歌吟中，在青草的摇曳中——夏之荣华，春之成功。春光与希望，是长驻的；自然与人生，是调谐的。

在远处有福的山谷内，莲馨花在坡前微笑，稚羊在乱石间跳跃，牧童们，有的吹着芦笛，有的平卧在草地上，仰看交幻的浮游的白云，放射下的青影在初黄的稻田中缥缈地移过。在远处安乐的村中，有妙龄的村姑，在流涧边照映她自制的春裙；口衔烟斗的农夫三四，在预度秋收的丰盈，老妇人们坐在家门外阳光中取暖，她们的周围有不少的儿童，手擎着黄白的钱花在环舞与欢呼。

在远——远处的人间，有无限的平安与快乐，无限的春光……

在此暂时可以忘却无数的落蕊与残红；亦可以忘却花荫中掉下的枯叶，私语地预告三秋的情意；亦可以忘却苦恼的僵瘪的人间，阳光与雨露的殷勤，不能再恢复他们腮颊上生命的微笑；亦可以忘却纷争的互杀的人间，阳光与雨露的仁慈，不能感化他们凶恶的兽性；亦可以忘却庸俗的卑琐的人间，行云与朝露的丰姿，不能引逗他们刹那间的凝视；亦可以忘却自觉的失望的人间，绚烂的春时与媚草，只能反激他们悲伤的意绪。

我亦可以暂时忘却我自身的种种；忘却我童年期清风白水似的天真；忘却我少年期种种虚荣的希冀；忘却我渐次的生命的觉悟；忘却我热烈的理想的寻求；忘却我心灵中乐观与悲观的斗争；忘却我攀登文艺高峰的艰辛；忘却刹那的启示与彻悟之神奇；忘却我生命潮流之骤转；忘却我陷落在危险的旋涡中之幸与不幸；忘却我追忆不完全的梦境；忘却我大海底里埋首的秘密；忘却曾经刳割我灵魂的利刃，炮烙我灵魂的烈焰，摧毁我灵魂的狂飚与暴雨；忘却我的深刻的怨与艾；忘却我的冀与愿；忘却我的恩泽与惠感；忘却我的过去与现在……

过去的实在，渐渐的膨胀，渐渐的模糊，渐渐的不可辨认；现在的实在，渐渐的收缩，逼成了意识的一线，细极狭极的一线，又裂成了无数不相联续的黑点……黑点亦渐次的隐翳？幻术似的灭了，灭了，一个可怕的黑暗的空虚……

江南的冬景

/

郁达夫

凡在北国过过冬天的人，总都知道围炉煮茗，或吃煊羊肉，剥花生米，饮白干的滋味。而有地炉、暖炕等设备的人家，不管它们外面是雪深几尺，或风大若雷，而躲在屋里过活的两三个月的生活，却是一年之中最有劲的一段蛰居异境；老年人不必说，就是顶喜欢活动的小孩子们，总也是个个在怀恋的，因为当这中间，有的是萝卜、雅儿梨等水果的闲食，还有大年夜，正月初一元宵等热闹的节期。

但在江南，可又不同；冬至过后，大江以南的树叶，也不至于脱尽。寒风——西北风——间或吹来，至多也不过冷了一日两日。到得灰云扫尽，落叶满街，晨霜白得像黑女脸上的脂粉似的清早，太阳一上屋檐，鸟雀便又在吱叫，泥地里便又放出水蒸气来，老翁小孩就又可以上门前的隙地里去坐着曝背谈天，营屋外的生涯了；这一种江南的冬景，岂不也可爱得很么？

我生长江南，儿时所受的江南冬日的印象，铭刻特深；虽则渐入中年，又爱上了晚秋，以为秋天正是读读书、写写字的人的最惠节季，但对于江南的冬景，总觉得是可以抵得过北方夏夜的一种特殊情调，说得摩登些，便是一种明朗的情调。

我也曾到过闽粤，在那里过冬天，和暖原极和暖，有时候到了阴历的年边，说不定还不得不拿出纱衫来着；走过野人的篱落，更还看得见许多杂七杂八的秋花！一番阵雨雷鸣过后，凉冷一点，至多也只好换上一件夹衣，在闽粤之间，皮袍棉袄是绝对用不着的；这一种极南的气候异状，并不是我所说的江南的冬景，只能叫它作南国的长春，是春或秋的延长。

江南的地质丰腴而润泽，所以含得住热气，养得住植物；因而长江一带，芦花可以到冬至而不败，红叶亦有时候会保持得三个月以上的生命。像钱塘江两岸的乌桕树，则红叶落后，还有雪白的桕子着在枝头，一点一丛，用照相机照将出来，可以乱梅花之真。草色顶多成了赭色，根边总带点绿意，非但野火烧不尽，就是寒风也吹不倒的。若遇到风和日暖的午后，你一个人肯上冬郊去走走，则青天碧落之下，你不但感不到岁时的肃杀，并且还可以饱觉着一种莫名其妙的含蓄在那里的生气；“若是冬天来了，春天也总马上会来”的诗人的名句，只有在江南的山野里，最容易体会得出。

说起了寒郊的散步，实在是江南的冬日，所给与江南居住者的一种特异的恩惠；在北方的冰天雪地里生长的人，是终他的一生，也决不会有享受这一种清福的机会的。我不知道德国的冬天，比起我们江浙来如何，但从许多作家的喜欢以 Spaziergang[①] 一字来做

① Spaziergang：德语，散步的意思。——编者注

他们的创作题目的一点看来，大约是德国南部地方，四季的变迁，总也和我们的江南差仿不多。譬如说十九世纪的那位乡土诗人洛在格[①]吧，他用这一个“散步”做题目的文章尤其写得多，而所写的情形，却又是大半可以拿到中国江浙的山区地方来适用的。

说起了寒郊的散步，实在是江南的冬日，所给与江南居住者的一种特异的恩惠

江南河港交流，且又地滨大海，湖沼特多，故空气里时含水分；到得冬天，不时也会下着微雨，而这微雨寒村里的冬霖景象，又

① 洛在格：奥地利诗人。——编者注

是一种说不出的悠闲境界。你试想想，秋收过后，河流边三五家人家会聚在一道的一个小村子里，门对长桥，窗临远阜，这中间又多是树枝杈桠的杂木树林；在这一幅冬日农村的图上，再洒上一层细得同粉也似的白雨，加上一层淡得几不成墨的背景，你说还够不够悠闲？若再要点些景致进去，则门前可以泊一只乌篷小船，茅屋里可以添几个喧哗的酒客，天垂暮了，还可以加一味红黄，在茅屋窗中画上一圈暗示着灯光的月晕。人到了这一个境界，自然会得胸襟洒脱起来，终至于得失俱亡，死生不问了；我们总该还记得唐朝那位诗人做的“暮雨潇潇江上村”的一首绝句吧？诗人到此，连对绿林豪客都客气起来了，这不是江南冬景的迷人又是什么？

一提到雨，也就必然的要想到雪；“晚来天欲雪，能饮一杯无？”自然是江南日暮的雪景。“寒沙梅影路，微雪酒香村”，则雪月梅的冬宵三友，会合在一道，在调戏酒姑娘了。“柴门闻犬吠，风雪夜归人”，是江南雪夜，更深人静后的景况。“前村深雪里，昨夜一枝开”，又到了第二天的早晨，和狗一样喜欢弄雪的村童来报告村景了。诗人的诗句，也许不尽是在江南所写，而做这几句诗的诗人，也许不尽是江南人，但假了这几句诗来描写江南的雪景，岂不直截了当，比我这一支愚劣的笔所写的散文更美丽得多？

有几年，在江南也许会没有雨没有雪的过一个冬，到了春间阴历的正月底或二月初再冷一冷下一点春雪的；去年的冬天是如此，今年的冬天恐怕也不得不然，以节气推算起来，大约大冷的日子，将在一九三六年的二月尽头，最多也总不过是七八天的样子。像这样的冬天，乡下人叫作旱冬，对于麦的收成或者好些，但是人口却要受到损伤；旱得久了，白喉、流行性感冒等疾病自然容易上身，可是想恣意享受江南的冬景的人，在这一种冬天，倒只会得感到快活一点，因为晴和的日子多了，上郊外去闲步逍遥的机会自然也多；日本人叫作 Hiking，德国人叫作 Spaziergang 狂者，所最欢迎的也就是这样的冬天。

窗外的天气晴朗得像晚秋一样；晴空的高爽，日光的洋溢，引诱得使你在房间里坐不住，空言不如实践，这一种无聊的杂文，我也不再想写下去了，还是拿起手杖，搁下纸笔，上湖上去散散步罢！

卢沟晓月

/

王统照

“苍凉自是长安日，呜咽原非陇头水。”[①]

这是清代诗人咏卢沟桥的佳句，也许，长安日与陇头水六字有过分的古典气息，读去有点碍口？但，如果你们明了这六个字的来源，用联想与想象的力量凑合起，提示起这地方的环境，风物，以及历代的变化，你自然感到像这样“古典”的应用确能增加卢沟桥的伟大与美丽。

打开一本详明的地图，从现在的河北省、清代的京兆区域里你可找得那条历史上著名的桑干河。在往古的战史上，有多少吊古伤今的诗人的笔下，桑干河三字并不生疏。但，说到治水，㶟水，灅水这三个专名，似乎就不是一般人所知了。还有，凡到过北平的人，谁不记得北平城外的永定河，——既不记得永定河，而外城的正南门，永定门，大概可说是“无人不晓”罢。我虽不来与大家谈考证，讲水经，因为要叙叙卢沟桥，却不能不谈到桥下的

① 此句取自明代黄佐的《晓发卢沟望京城有感》，此句或写作“苍凉似是长安日，呜咽元非陇头水。”下文“请代诗人”亦有误。——编者注

水流。

治水，㶟水，灅水，以及俗名的永定河，其实都是那一道河流——桑干。

还有，河名不甚生疏，而在普通地理书上不大注意的是另外一道大流——浑河。浑河源出浑源，距离著名的恒山不远，水色浑浊，所以又有小黄河之称。在山西境内已经混入桑干河，经怀仁，大同，委弯曲折，至河北的怀来县。向东南流入长城，在昌平县境的大山中如黄龙似地转入宛平县境，二百多里，才到这条巨大雄壮的古桥下。

原非陇头水，是不错的，这桥下的汤汤流水，原是桑干与浑河的合流；也就是所谓治水，㶟水，灅水，永定河与浑河，小黄河，黑水河（浑河的俗名）的合流。

桥工的建造既不在北宋的时代，也不开始于蒙古人的占据北平。金人与南宋南北相争时，于大定二十九年六月方将这河上的木桥换了，用石料造成。这是见之于金代的诏书，据说："明昌二年三月桥成，敕命名广利，并建东西廊以便旅客。"

马哥孛罗[1]来游中国，服官于元代的初年时，他已看见这雄伟的工程，曾在他的游记里赞美过。

经过元明两代都有重修，但以正统九年的加工比较伟大，桥

① 马哥孛罗：马可·波罗。——编者注

上的石栏，石狮，大约都是这一次重修的成绩。清代对此桥的大工役也有数次，乾隆十七年与五十年两次的动工，确为此桥增色不少。

“东西长六十六丈，南北宽二丈四尺，两栏宽二尺四寸，石栏一百四十，桥孔十有一，第六孔适当河之中流。”

按清乾隆五十年重修的统计，对此桥的长短大小有此说明，使人（没有到过的）可以想象它的雄壮。

从前以北平左近的县分属顺天府，也就是所谓京兆区。经过名人题咏的，京兆区内有八种胜景：例如西山霁雪，居庸叠翠，玉泉垂虹等，都是很幽美的山川风物。卢沟不过有一道大桥，却居然也与西山居庸关一样列入八景之一，**便是极富诗意的“卢沟晓月”**。

本来，“杨柳岸晓风残月”是最易引动从前旅人的感喟与欣赏的凌晨早发的光景，何况在远来的巨流上有这一道雄伟壮丽的石桥，又是出入京都的孔道，多少官吏、士人、商贾、农、工，为了事业，为了生活，为了游览，他们不能不到这名利所萃的京城，也不能不在夕阳返照，或东方未明时打从这古代的桥上经过。你想：在交通工具还没有如今迅速便利的时候，车马，担簦，来往奔驰，再加上每个行人谁没有忧、喜、欣、戚的真感横在心头，谁不为“生之活动”在精神上负一份重担？盛景当前，把一片壮美的感觉移入渗化于自己的忧喜欣戚之中，无论他是有怎样的观照，由于时间与空间的变化错综，面对着这个具有崇高美的压迫力的建筑物，行人如非白痴，自然以其鉴赏力的差别，与环境的相异，生发出种种的触感。于是留在他们的心中，或留在藉文字绘画表达出的作品中，对于卢沟桥三字真有很多的酬报。

不过，单以“晓月”形容卢沟桥之美，据传说是另有原因：每当旧历的月尽头（晦日）天快晓时，下弦的钩月在别处还看不分明，如有人到此桥上，他偏先得清光。这俗传的道理是否可靠，不能不令人疑惑，其实，卢沟桥也不过高起一些，难道同一时间在西山山顶，或北平城内的白塔（北海山上）上，看那晦晓的月亮，会比卢沟桥上不如？不过，话还是不这么拘板说为妙，用“晓月”陪衬卢沟桥的实是一位善于想象而又身经的艺术家的妙语，本来

便是极富诗意的“卢沟晓月”

不预备后人去作科学的测验。你想：“一日之计在于晨”，何况是行人的早发。朝气清蒙，烘托出那钩人思感的月亮——上浮青天，下嵌白石的巨桥。京城的雉堞若隐若现，西山的云翳似近似远，大野无边，黄流激奔……这样光，这样色彩，这样地点与建筑，不管是料峭的春晨，凄冷的秋晓，景物虽然随时有变，但若无雨雪的降临，每月末五更头的月亮，白石桥，大野，黄流，总可凑成一幅佳画，渲染飘浮于行旅者的心灵深处，发生出多少样反射的美感。

你说：偏以“晓月”陪衬这“碧草卢沟”（清刘履芬的《鸥梦词》中有《长亭怨》一阕，起语是：叹销春间关轮铁，碧草卢沟，短长程接）不是最相称的“妙境”么？

无论你是否身经其地，现在，你对于这名标历史的胜迹，大约不止于“发思古之幽情”罢？其实，即以思古而论也尽够你深思，咏叹，有无穷的兴感！何况血痕染过那些石狮的鬈鬣，白骨在桥上的轮迹里腐化，漠漠风沙，呜咽河流，自然会造成一篇悲壮的史诗。就是万古长存的“晓月”也必定对你惨笑，对你冷觑，不是昔日的温柔，幽丽，只引动你的“清念”。

桥下的黄流，日夜呜咽，泛挹着青空的灏气，伴守着沉默的郊原……

他们都等待着有明光大来与洪涛冲荡的一日——那一日的清晓。

海市

/
杨朔

我的故乡蓬莱是个偎山抱海的古城，城不大，风景却别致。特别是城北丹崖山峭壁上那座凌空欲飞的蓬莱阁，更有气势。你倚在阁上，一望那海天茫茫、空明澄碧的景色，真可以把你的五脏六腑都洗得干干净净。这还不足为奇，最奇的是海上偶然间出现的幻景，叫海市。小时候，我也曾见过一回。记得是春季，雾蒙天，我正在蓬莱阁后拾一种被潮水冲得溜光滚圆的玑珠，听见有人喊："出海市了。"只见海天相连处，原先的岛屿一时不知都藏到哪儿去了，海上劈面立起一片从来没见过的山峦，黑苍苍的，像水墨画一样。满山都是古松古柏；松柏稀疏的地方，隐隐露出一带渔村。山峦时时变化着，一会山头上幻出一座宝塔，一会山洼里又现出一座城市，市上游动着许多黑点，影影绰绰的，极像是来来往往的人马车辆。又过一会，山峦城市慢慢消下去，越来越淡，转眼间，天青海碧，什么都不见了，原先的岛屿又在海上重现出来。

这种奇景，古时候的文人墨客看到了，往往忍不住要高声咏叹。且看蓬莱阁上那许多前人刻石的诗词，多半都是题的海市蜃楼，认为那就是古神话里流传的海上仙山。最著名的莫过于苏东坡的

东方云海空复空，群仙出没空明中

海市诗，开首几句写着：**“东方云海空复空，群仙出没空明中**，荡摇浮世生万象，岂有贝阙藏珠宫……”可见海市是怎样的迷人了。

只可惜这种幻景轻易看不见。我在故乡长到十几岁，也只见过那么一回。故乡一别，雨雪风霜，转眼就是二十多年。今年夏天重新踏上那块滚烫烫的热土，爬到蓬莱阁上，真盼望海上能再出现那种缥缥缈缈的奇景。偏我来的不是时候。一般得春景天，雨后，刮东风，才有海市。于今正当盛夏，岂不是空想。可是啊，海市不出来，难道我们不能到海市经常出现的地方去寻寻看么？也许能寻得见呢。

于是我便坐上船，一直往海天深处开去。好一片镜儿海。海水碧蓝碧蓝的，蓝得人心醉，我真想变成条鱼，钻进波浪里去。鱼也确实惬意。瞧那海面上露出一条大鱼的脊梁，像座小山，那鱼该有十几丈长吧？我正看得出神，眼前刺溜一声，水里飞出另一条鱼，展开翅膀，贴着水皮飞出去老远，又落下去。

我又惊又喜问道：“鱼还会飞么？”

船上掌舵的说："燕儿鱼呢，你看像不像燕子？烟雾天，有时会飞到船上来。"那人长的高大健壮，一看就知道是个航海的老手，什么风浪都经历过。他问我道："是到海上去看捕鱼的么？"

我说："不是，是去寻海市。"

那舵手瞟我一眼说："海市还能寻得见么？"

我笑着说："寻得见——你瞧，前面那不就是？"就朝远处一指，那儿透过淡淡的云雾，隐隐约约现出一带岛屿。

那舵手稳稳重重一笑说："可真是海市，你该上去逛逛才是呢。"

赶到船一靠近岛屿，我便跨上岸，走进海市里去。

果然不愧是"海上仙山"。这一带岛屿烟笼雾绕，一个衔着一个，简直是条锁链子，横在渤海湾里。渤海湾素来号称北京的门户，有这条长链子挂在门上，门就锁的又紧又牢。别以为海岛总是冷落荒凉的，这儿山上山下，高坡低洼，满眼葱绿苍翠，遍是柞树、槐树、杨树、松树，还有无数冬青、葡萄以及桃、杏、梨、苹果等多种果木花树。树叶透缝的地方，时常露出一带渔村，青堂瓦舍，就和我小时候在海市里望见的一模一样。先前海市里的景物只能远望，不能接近，现在你却可以走进渔民家去，跟渔民谈谈心。岛子上四通八达，到处是浓荫夹道的大路。顺着路慢慢走，你可以望见海一般碧绿的庄稼地里闪动着鲜艳的衣角。那是喜欢穿红挂绿的渔家妇女正在锄草。有一个青年妇女却不动手，鬓角上插着枝野花，立在槐树凉影里，倚着锄，在做什么呢？哦！原来是在听公社扩音器里播出的全国麦收的消息。

说起野花，也是海岛上的特色。春天有野迎春；夏天太阳一西斜，漫山漫坡是一片黄花，散发着一股清爽的香味。黄花丛里，有时会挺起一枝火焰般的野百合花。凉风一起，蟋蟀叫了，你就该闻见野菊花那股极浓极浓的药香。到冬天，草黄了，花也完了，天上却散下花来，于是满山就铺上一层耀眼的雪花。

立冬小雪，正是渔民拉干贝的季节。渔船都扬起白帆，往来拉网，仿佛是成群结队翩翩飞舞的白蝴蝶。干贝、鲍鱼、海参一类东西，本来是极珍贵的海味。你到渔业生产队去，人家留你吃饭，除了鲐鱼子、燕儿鱼丸子而外，如果端出雪白鲜嫩的新干贝，或者是刚出海的鲍鱼，你一点不用大惊小怪，以为是大摆筵席，其实平常。

捕捞这些海产却是很费力气的。哪儿有悬崖陡壁，海水又深，哪儿才盛产干贝鲍鱼等。我去参观过一次“碰”鲍鱼的。干这行的渔民都是中年人，水性好，经验多，每人带一把小铲，一个葫芦，葫芦下面系着一张小网。趁落潮的时候，水比较浅，渔民戴好水镜，先在水里四处游着，透过水镜望着海底。一发现鲍鱼，便丢下葫芦钻进水底下去。鲍鱼也是个怪玩意儿，只有半面壳，附在礁石上，要是你一铲子铲不下来，砸烂它的壳，再也休想拿得下来。渔民拿到鲍鱼，便浮上水面，把鲍鱼丢进网里，扶着葫芦喘几口气，又钻下去。他们都像年轻小伙子一样嬉笑欢闹，往我们艇子上扔壳里闪着珍珠色的鲍鱼，扔一尺左右长的活海参，扔贝壳像蒲扇一样的干贝，还扔一种叫“刺锅”的怪东西，学名叫海胆，圆圆的，周身满是挺长的黑刺，跟刺猬差不多，还会爬呢。

最旺的渔季自然是春三月。岛子上有一处好景致，叫花沟，遍地桃树，年年桃花开时，就像那千万朵朝霞落到海岛上来。桃花时节，也是万物繁生的时节。雪团也似的海鸥会坐在岩石上自己的窝里，一心一意孵卵，调皮的孩子爬上岩石，伸手去取鸥蛋，那母鸥也只转转眼珠，动都懒得动。黄花鱼起了群，都从海底浮到海面上，大鲨鱼追着吃，追的黄花鱼呶叫。听见鱼叫，渔民就知道是大鱼群来了，一网最多的能捕二十多万条，倒在舱里，一跳一尺多高。俗话说得好："过了谷雨，百鱼上岸。"大对虾也像一阵乌云似的涌到近海，密密层层。你挤我撞，挤的在海面上乱蹦乱跳。这叫桃花虾，肚子里满是子儿，最肥。渔民便用一种网上绑着坛子做浮标的"坛子网"拉虾，一网一网往船上倒，一网一网往海滩上运，海滩上的虾便堆成垛，垛成山。渔民不叫它是虾山，却叫做金山银山。这是最旺的渔季，也是最热闹的海市。

现在不妨让我们走进海市的人家里去看看。老宋是个结实精干的壮年人，眉毛漆黑，眼睛好像瞌睡无神，人却是像当地人说的：机灵得像海马一样。半辈子在山风海浪里滚，斗船主，闹革命，现时是一个生产大队的总支书记。他领我去串了几家门子，家家都是石墙瓦房，十分整洁。屋里那个摆设，更考究：炕上铺的是又软又厚的褥子毯子；地上立的是金漆桌子、大衣柜；迎面墙上挂着穿衣镜；桌子上摆着座钟、盖碗、大花瓶一类陈设。起初我还以为是谁家新婚的洞房，其实家家如此，毫不足奇。

我不禁赞叹着说：“你们的生活真像神仙啊，富足得很。”

老宋含着笑，也不回答，指着远处一带山坡问：“你看那是什么？”

那是一片坟墓，高高低低，坟头上长满蒿草。

老宋说：“那不是真坟，是假坟。坟里埋的是一堆衣服，一块砖，砖上刻着死人的名字。死人呢，早埋到汪洋大海里去了。渔民常说：情愿南山当驴，不愿下海捕鱼——你想这捕鱼的人，一年到头漂在海上，说声变天，大风大浪，有一百个命也得送进去。顶可怕的是龙卷风，打着旋儿转，能把人都卷上天去。一刮大风，妇女孩子都上了山头，烧香磕头，各人都望着自己亲人的船，哭啊叫的，凄惨极啦——别说还有船主那把杀人不见血的刀逼在你的后脖颈子上。”

说到这儿，老宋低着瞌睡眼，显然在回想旧事，一面继续讲：“都知道蝎子毒，不知道船主比蝎子更毒。我家里贫，十二岁就给船主做零活。三月，开桃花，小脚冻的赤红，淋着雨给船主从舱里往外舀潮水，舀的一慢，船主就拿铅鱼浮子往你头上磕。赶我长的大一点，抗日战争爆发了，蓬莱一带有共产党领导的游击队，需要往大连买钢，大约是做武器用。当时船主常到大连去装棒子面，来往做生意，我在船上替人家做饭。大连有个姓鲍的，先把钢从日本厂子里偷出来，藏到一家商店里。船主只是为财，想做这趟买卖，叫我去把钢拿回船来。你想日本特务满街转，一抓住你，还用想活命么？仗着我小，又有个小妹妹，当时住在大连我姐姐家里，我们兄妹俩拐进那家商店，妹妹把钢绑到腿上，我用手提着，上头包着点心纸，一路往回走，总觉得背后有狗腿子跟着，吓得提心吊胆。赶装回蓬莱，交给游击队，人家给两船麦子当酬劳。不想船主把麦子都扣下，一粒也不分给我。我家里净吃苦橡子面，等着粮食下锅，父亲气的去找船主，船主倒提着嗓门骂起来：‘麦子是俺花钱买的，你想讹诈不成？你儿子吃饭不干活，还欠我们的呢，不找你算账就算便宜你。’这一口气，我窝着多年没法出，直到日本投降，共产党来了，我当上民兵排长，斗船主，闹减租减息，轰轰烈烈干起来啦。我母亲胆小，劝我说：‘儿啊，人家腿上的肉，割下来好使么？闹不好？怕不连命都赔上。’到后来，果真差一点赔上命去。”

我插嘴问：“恐怕那是解放战争的事吧？”

老宋说：“可不是！解放战争一打响，我转移出去，经常在海上给解放军运粮食、木料和硫黄。我是小组长。船总是黑夜跑。有一天傍亮，我照料一宿船，有点累，进舱才打个盹儿，一位同志对着我的耳朵悄悄喊：‘快起来看看吧，怎么今天的渔船特别多？’我揉着眼跑出舱去，一看，围着我们里里外外全是小渔船。忽然间，小渔船一齐都张起篷来。渔船怎么会这样齐心呢？我觉得不妙，叫船赶紧靠岸。晚了，四面的船早靠上来，打了几枪，一个大麻子脸一步跨上我们的船，两手攥着两支枪，堵住我的胸口。原来这是个国民党大队长。他先把我绑起来，吊到后舱就打，一面打一面审问。吊打了半天，看看问不出什么口供，只得又解开我的绑，用匣子枪点着我的后脑袋，丢进舱里去。舱里还关着别的同志。过了一会，只听见上面有条哑嗓子悄悄说：‘记着，可千万别承认是解放军啊。’这分明是来套我们，谁上你的圈套？舱上蒙着帆，压着些杠子，蒙的漆黑，一点不透气。我听见站岗的还是那个哑嗓子的人，仰着脸说：‘你能不能露点缝，让我们透口气？’那个人一听见我的话，就蹑手蹑脚挪挪舱板，露出个大口子。想不到是个朋友。我往外一望，天黑了；辨一辨星星，知道船是往天津开。我不觉起了死的念头。既然被捕，逃是逃不出去的，不如死了好。一死，我是负责人，同志们把责任都推到我身上，什么也别承认，兴许能保住性命。说死容易，当真去死，可实在不容易啊。我想起党，想起战友，想起家里的老人，也想起孤苦伶仃的妻子儿女，眼泪再也忍不住，吧嗒吧嗒直往下滴。我思前想后的一阵，又再三再四嘱咐同志们几句话，然后忍着泪小声说：‘同志们啊，我想出去解个手。’一位同志说：‘你解在舱里吧。’我说：‘不行，我打的满身是火，也想出去凉快凉快。’就从舱缝里探出头去，四下望了望，轻轻爬上来，一头钻进海里去，耳朵边上还听见船上的敌人说：‘大鱼跳呢。’

“那时候已经秋凉，海水冷得刺骨头，我身上又有伤，海水一泡，火辣辣地痛。拼死命挣扎着游了半夜，力气完了，人也昏了，随着涨潮的大流漂流下去。不知漂了多长时候，忽然间醒过来，一睁眼，发觉自己躺在一条大船上，眼前围着一群穿黄军装的人，还有机关枪。以为是又落到敌人网里了！问我话，只说是打鱼翻了船。船上给熬好米汤，一个兵扶着我的后脖颈子，亲自喂我米汤，我这才看清他戴的是八一帽徽，心里一阵酸，就像见到最亲最亲的父母，一时忍不住放声大哭起来。

“我就这样得了救，船上的同志果然把责任都推到我身上，挨了阵打，死不招认，敌人也只得放了他们。这件事直到许久才探听清楚：原来就是那船主怀恨在心，不知怎么摸到了我们活动的航线，向敌人告了密，才把我们半路截住。你看可恶不可恶！”

讲到末尾，老宋才含着笑，回答我最初的话说：“你不是说我们的生活像神仙么？你看这哪点像神仙？要不闹革命，就是真正神仙住的地方，也会变成活地狱。”

我问道：“一闹革命呢？”

老宋说：“一闹革命，就是活地狱也能变成像我们岛子一样的海上仙山。”

我不禁连连点着头笑道：“对，对。只有一点我不明白：我们现在革了船主的命，可不能革大海的命。大海一变脸，岂不是照样兴风作浪，伤害人命么？”

老宋又是微微一笑，笑得十分自信。他说：“明天你顶好亲自到渔船上去看看。现在渔船都组织起来，有指导船，随时随地广播渔情风情。大船都有收音机，一般的船也有无线报话机，不等风来，消息先来了，船能及时避到渔港里去，大海还能逞什么威风？——不过有时意料不到，也会出事。有一回好险，几乎出大事。那回气象预报没有风，渔民早起看看太阳，通红通红的，云彩丝儿不见，也不像有风的样子，就有几只渔船出了海。不想过午忽然刮起一种阵风，浪头卷起来比小山都高，急得渔民把桅杆横绑在船上，压着风浪。这又有什么用？浪头一个接着一个打到船上来，船帮子都打坏了，眼看着要翻。正在危急的当儿，前边冷丁出现一只军舰。你知道，这里离南朝鲜不太远，不巧会碰上敌人的船。渔民发了慌。那条军舰一步一步逼上来，逼到跟前，有些人脱巴脱巴衣裳跳下海，冲着渔船游过来。渔民一看，乐得喊：是来救我们的呀！不一会儿，渔民都救上军舰，渔船也拖回去。渔民都说：'要不是毛主席派大兵舰来，这回完了。'"

原来这是守卫着这个京都门户的人民海军专门赶来援救的。

看到这里，有人也许会变得不耐烦：你这算什么海市？海市原本是虚幻的，正像清朝一个无名诗人的诗句所说的："欲从海上觅仙迹，令人可望不可攀。"你怎么倒能走进海市里去？岂不是笑话！原谅我，朋友，我现在记的并不是那渺渺茫茫的海市，而是一种真实的海市。

如果你到我的故乡蓬莱去看海市蜃楼，时令不巧，看不见也不必失望，我倒劝你去看看这真实的海市，比起那缥缈的幻景还要新奇，还要有意思得多呢。

这真实的海市并非别处，就是长山列岛。

姑苏台畔秋光好

/

周瘦鹃

秋光好，正宜出游，秋游的乐趣，实在不让春游，这就是苏东坡所谓“一年好景君须记，最是橙黄橘绿时”啊！我年来隐居姑苏台畔，天天以灌园为事，厮守着一片小园，与花木为伍，简直好像是井底之蛙，所见不广，几乎不知天地之大，更不知有秋游之乐了。但我住在苏州，却也尽可说说苏州的秋日风光，多拉些行有余力的游客来，使苏州一年年地长保繁荣，长享天堂令誉。至于苏州的园林，有创建于宋代的沧浪亭，元代的狮子林，明代的拙政园、网师园，清代的留园、怡园，一年四季都可游目骋怀，并不限于秋季；所以我的秋游节目中只限于山与湖，而不提园林，好在游山游湖之余，也尽可到各园林里去走走，欣赏那一片秋色。

凡是游苏州的人，总得一游虎丘，好像不上虎丘，就不算到过苏州似的。虎丘的许多古迹，几于尽人皆知，不用词费；而我最爱剑池的一角，幽蒨独绝。当此清秋时节，倘于月夜徘徊其间，顿觉心腑皆清，疑非人境。苏州旧俗，中秋夜有“走月亮”之举，而以虎丘为目的地，《长元志》有云：“中秋，倾城士女出游虎丘，笙歌彻夜。”邵长蘅诗有“中秋千人石，听歌细如发”之句，沈朝初《忆江南》词也有这么一首："苏州好，海涌玩中秋。歌板千群来石上，酒旗一片出楼头。夜半最清幽。"海涌，就是虎丘的别名，当年中秋的盛况，可见一斑。不但清代如此，明代即已有之，但看袁中郎记虎丘云："虎丘去城可七八里，其山无高岩邃壑，独以近城故，箫鼓画船，无日无之。凡月之夜，花之晨，雪之夕，游人往来，纷错如织，而中秋为尤胜。每至是日，倾城阖户，连臂而至，衣冠士女，下迨蔀屋，莫不靓妆丽服，重茵累席，置酒交衢间。从千人石上至山门，栉比如鳞。檀板丘积，樽垒云泻，远而望之，如雁落平沙，霞铺江上，雷辊电霍，无得而状。布席之初，唱者千百，声若聚蚊，不可辨识。分曹部署，竞以歌喉相斗，雅俗既陈，妍媸自别。未几而摇头顿足者，得数十人而已。已而明月浮空，石光如练，一切瓦釜，寂然停声，属而和者，才三四辈。一箫，一寸管，一人缓板而歌，竹肉相发，清声亮彻，听者魂销。比至夜深，月影横斜，荇藻凌乱，则箫板亦不复用。一夫登场，四座屏息，音若细发，响彻云际，每度一字，几尽一刻，飞鸟为之徘徊，壮士听而下泪矣。（下略）"中郎此作，仿佛是记虎丘中秋夜的音乐会，自交响乐、大合唱、小合唱以至独唱，无所不有。可是清代以来的中秋节，除了白天还有士女前去游眺借此点缀令节外，早已没有这种笙歌彻夜的盛况了。

领略了虎丘的秋光之后，可不要忽视了山塘，不管是仁者乐山，智者乐水，乐山也何妨兼以乐水；再加上一个"山塘秋泛"的节目，实在是挺有意思的。山塘在哪里？就在虎丘山门之前，盈盈一衣带水，迤逦曲折，据说有七里之长，因此有“七里山塘”之称。那水是碧油油的，十分可爱，架在上面的桥梁，以青山桥与绿水桥为最著。你要是以轻红一舸，容与其间，一路摇呀摇地摇过去，那情调是够美的。昔人咏山塘诗，有黄仲则的两首：“中酒春宵怯薄罗，酒阑春尽系愁多。年年到此沉沉醉，如此苏州奈若何。”“寒山迢递镜铺蓝，小泊游仙一枕酣。夜半钟声敲不醒，教人怎不梦江南[1]。”屠琴坞《山塘访秋》云：“白公堤畔柳丝柔，十二红阑隐画楼。才到吴乡听吴语，泥人新梦入新秋。”“绿酒红灯映碧纱，水晶帘外又琵琶。匆匆转过桥西去，一角青山两岸花。”读了这四首诗，就觉得山塘之美，真如殢人的尤物。我于某一年的春间，曾随老诗人故张仲仁、陈石遗、金松岑诸前辈，以夏桂林画舫泛山塘，玩水终日，乐而忘倦，曾有《七里山塘词》之作：“七里山塘春似锦，坠鞭公子试春衣。家家绮阁人人醉，面晕桃花映酒旗。”“拾翠人来打桨邀，山塘七里绿迢迢。垂杨两岸僛僛舞，只解嬉春系画桡。”“吴娃生小解温存，画出纤眉似月痕。七里山塘春水软，一声柔橹一销魂。”**“虎丘惯自弄春柔，七里山塘满画舟**。好是平波明似镜，吴娘临水照梳头。”“几树疏杨斗舞腰，真娘墓畔草萧萧。山塘七里弥弥绿，不见烟波见画桥。”“七里山塘宛宛流，木兰桡上听吴讴。未须更借丹青笔，柳媚花娇画虎丘。”

① 或作“别来怎不梦江南。”——编者注

读了这几首拙作，也足见我对于山塘是倾倒之至了。其实清代承平之岁，山塘也着实热闹过一下，曾见某笔记载："虎丘山塘，七里莺花，一湖风月，士女游观，画船箫鼓。舟无大小，装饰精工，窗有夹层，间以玻璃，悬设彩灯，争奇竞巧，纷纶五色，新样不同；傍暮施烛，与月辉波光相激射。今灯舫窗棂，竞尚大理府石镶嵌，灯则习用琉璃（俗呼明角），设遇风狂，毋虞击碎也。"诗人王冈龄因有《山塘灯船行》长歌之作，极尽铺张扬厉之能事。

中秋游虎丘兼泛七里山塘，这是秋游的第一个节目，第二个节目就是农历八月十八夜石湖串月了。石湖在城西南十八里，是太湖的支流，恰界于吴县、吴江之间，映带着楞伽、茶磨诸峰，风景倒也不错；相传范大夫入五湖，就是在这里下船的。宋代名臣

虎丘惯自弄春柔，七里山塘满画舟

范成大就越来溪遗址筑别业，中有天镜阁、玉雪坡、盟鸥亭诸胜迹，宋孝宗亲书“石湖”二字赐与他，因自号“石湖居士”。他的诗文集中关于石湖的作品很多，诗如《初归石湖》云：“晓雾朝暾绀碧烘，横塘西岸越城东。行人半出稻花上，宿鹭孤明菱叶中。信脚自能知旧路，惊心时复认邻翁。当时手种斜桥柳，无限鸣蜩翠扫空。”读此一诗，就可知道他是石湖主人了。湖边有一座山岿峙着，即楞伽山，又名上方山，山上有楞伽寺，年年八月十八，香汛极盛。山顶有塔，共七级，中有神龛，供五通神，据说极著灵异。清代巡抚汤斌为破除迷信计，曾把它毁灭，可是后来又重行恢复，以至于今。山之东麓有石湖书院，昔为士子弦诵之所，今已废。东南麓有普陀岩，有石池、石梁诸胜，乾隆南巡，曾经到过这里，

从此身价十倍了。袁中郎把它和虎丘作比，说“虎丘如冶女艳妆，掩映帘箔，上方如披褐道士，丰神特秀”，倒也取譬入妙。到了农历八月十七、十八这两天，这里可就热闹起来了；苏州城乡各处的善男信女，纷纷上山进香。入夜以后，就有苏沪士女坐了画舫，到行春桥边来看串月。所谓串月，据说十八夜月光初现时，人行春桥桥洞中，其影如串。又说十八夜从上方塔的铁链中，可以瞧到这一夜月的分度，恰恰当着铁链的中段，倒影于地，连为一串，因曰串月。沈朝初的《忆江南》词，曾有一首咏其事：“苏州好，串月看长桥。桥影重重湖面阔[①]，月光片片桂轮高。此夜爱吹箫。”原来每逢此夜看串月时，画舫中往往是笙歌如沸的。或说葑门外五十三环洞的宝带桥边也可一看串月，从宝带桥外出，光影相接，数有七十二个，比了行春桥边似乎更为可观，清代诗人顾侠君有《串月歌》咏之云：“治平山寺何岧峣，湖光吐纳山连遥。烟中明灭宝带桥，金波万叠风骚骚。年年八月十八夜，飞廉驱云落村舍。金盆出水耀光芒，琉璃迸破银瓶泻。散作明珠千万颗，老兔寒蟾景相吓。鱼婢蟹奴争献奇，手搴桂旗吹参差。水花云叶桥心布，移来海市秋风时。吴侬好事邀新客，舳舻衔尾排南陌。红豆新词出绛唇，粉胸绣臆回歌席。绿蚁淋漓柁楼倒，醒来月在松杉杪。”看串月这玩意，大概是肇始于清代，只不知道是谁发明的，真所

① “桥影”或作“桥畔”“桥面”。——编者注

谓吴侬好事了。

秋游的第三个节目，该是重九登高了。向来苏人登高，就近总是跑上北寺塔去，虚应故事，后因年久失修，不再开放。至于山，那么城外高低大小多的是，随处都可登高，而顾名思义，却要推荐贺九岭。相传吴王曾登此岭贺重九，因以为名，崖壁上至今刻有“贺九岭”三大字，不知是什么时代刻上去的。明代文徵明曾有《过贺九岭》诗云：“截然飞岭带晴岚，路出余杭更绕南。往事漫传人贺九，胜游刚爱月当三。岩前鹿绕云为路，木末僧依石作庵。一笑停舆风拂面，松花闲看落毵毵。”我于十余年前也曾到过此岭，似乎平凡得很，并没有什么胜迹；但是从这里可以通到华山，却是游腻了虎丘、灵岩之后，非游不可的。华山在城西三十里，《吴地记》载，吴县华山，晋太康二年生千叶石莲花，故名。《图经续记》云：“此山独秀，望之如屏，或登其巅。”见有状如莲花者，今莲花峰是也。《吴郡志》云：“山顶北有池，上生千叶莲华，服之羽化，因曰华山。山半有池一泓，水作玉色，逾数十丈，厥名天池。”袁中郎游天池记云：“从贺九岭而进，别是一洞天，峭壁削成，车不得方轨，飞楼跨之，舆骑从楼下度。逾岭而西，平畴广野，与青峦紫逻相映发。（中略）行数里，始至山足，道旁青松，若老龙鳞，长林参天，苍岩蔽日，幽异不可名状。才至山腰，屏山献青，画峦滴翠，两年尘土面目，为之洗尽，低回片晷，宛尔秦余，马首红尘，恍若隔世事矣。天池在山半，方可数十余丈，其泉玉色，横浸山腹。山巅有石如莲花瓣，翠蕊摇空，鲜芳可爱。余时以勘地而往，无暇得造峰顶，至今为恨。（下略）”明代诗人高启诗云：“灵峰可度难，昔闻枕中书。天池在其巅，每出青芙蕖。湛如玉女盆，云影含夕虚。人静时饮鹿，水寒不生鱼。我来属始春，石壁烟霞舒。滟滟月出后，泠泠雪消余。再泛知神清，一酌欣虑除。何当逐流花，遂造仙人居。”于这天池一水，可说恭维到了一百二十分。山上有石屋二座，四壁都凿着浮屠的像，此外，有龟巢石、虎跑泉、苍玉洞、盈盈池、地雷泉、洗心泉、桃花涧、秀屏鸟道诸胜迹，石壁上刻有宋代赵宧光手书“华山鸟道”四字，遒劲可喜。山南有华山寺，北有寂鉴寺，寺庭中有金桂、银桂两株老树，秋仲着花累累，一寺皆香。寺旁有泉，名钵盂泉，泉水是非常清冽的。清康熙南巡时，因雨欲游此山不果，赐以“清远”二字，后来乾隆南巡，总算游成功了。昔人游华山诗，佳作很多，而元代顾仲瑛一首足以代表一切：“萦纡白云路，窈窕青山联。秋风吹客衣，逸兴良翩翩。扪萝度绝壁，蹑磴穷层巅。崖倾石欲落，树断云复连。两峰龃牙门，中谷何廓然。大山屹堂堂，直欲摩青天。小山亦磊落，飞来堕其前。阴阴积古铁，粲粲开青莲。神斧削翠骨，天沼涵灵泉。玉龙抱寒镜，倒影清秋悬。忆昔张贞居，寄我琳琅篇。逝者不可作，新诗徒为传。举酒酹白日，万壑生凄烟。幽欢苦未足，落景忽已迁。美人胡不来，山水空青妍。”读此诗，已足使人神往，那么何妨趁贺九岭登高之便，一游华山呢？往上津桥雇船，到白马涧镇上，步行八九里到贺九岭，再由此而西，就可到达华山了。

“远上寒山石径斜，白云生处有人家。停车坐爱枫林晚，霜叶红于二月花。”杜牧之这一首《山行》诗，道尽枫叶之美，所以天平山看枫，也就是秋游第四个节目了。枫叶须经霜而红，红而始美，因此看枫须等到秋深霜降之后，太早则叶犹未红，太晚则叶已凋落，大约须在农历十月间吧。所以蔡云《吴歈》有“天平十月看枫约，只合诗人坐竹兜”之句。天平的枫树，都很高大，叶作三角形，因称三角枫。在“万笏朝天”一带三太师坟前，有大枫九株，俗呼“九枝红”，因为那枫叶经霜之后，一片殷红，有如珊瑚灼海，而昔人称颂枫叶，说是“非花斗妆，不争春色”，真是再贴切也没有了。清人李果有《天平山看枫叶记》云：“天平山，予旧所游也。乾隆七年十月朔之二日，马生寿安要予与徐北山游。泛舟从木渎下沙可四里，小溪萦纡，至水尽处登岸，穿田塍行，茅舍鸡犬，适带村落，纵目鸡笼诸山，枫林远近，红叶杂松际。西山皆松、栝、杉、榆，此地独多枫树，冒霜则叶尽赤。今天气微暖，霜未着树，红叶参差，颜色明丽可爱也。历兕体庵，过高平范氏墓，岩壑溢秀，楼阁涨彩。折而北，经白云寺，憩泉上，升阁以望，则天平山色崚嶒，疏松出檐楯，凉风过之，如奏琴筑，或如海涛响。马生出酒馔，主客酬酢。客有吹笛度曲者，其声流于林籁，境之所涉，情与俱适，不自知其乐之何以生也。（下略）”天平不失为苏州一座最好的大山，可是粗粗领略，往往不易见到它的好处；如“万笏朝天”一带的石笋，可就是绝无而仅有，而一线天以上，全是层层叠叠的奇峰怪石，自中白云以达上白云，一路饱看山色，消受不尽。加上深秋十月，经过了红艳的枫叶一番渲染，天平山真如天开图画一般，沈朝初所谓“一片枫林围翠嶂，几家楼阁叠丹丘。仿佛到瀛洲”，自是一些儿没有溢美啊。

春光固然易老，秋光也是不肯久留的。姑苏台畔，秋光大好，正欢迎你们联翩蜡屐而来！